Stephan Pflicht

»... fast ein Meisterwerk«

SERIE MUSIK
PIPER · SCHOTT
Band 8350

Zu diesem Buch

Die Anekdote als prägnante Wiedergabe einer wahren oder erfundenen Begebenheit, die schlaglichtartig den Charakter eines Menschen, eine Situation oder einen Zustand erhellt, hat eine lange Entwicklungsgeschichte. Es gibt Anekdotenbücher der verschiedensten Art, und auch Musiker-Anekdoten wurden immer wieder gesammelt und gedruckt. Die für diese Auswahl zusammengetragenen und neu erzählten Anekdoten aus der Welt der Musik berichten über menschlich-allzumenschliche Schwächen von Musikern, Musikliebhabern und Dilettanten.

Über Witz und Pointe hinaus aber sollen in diesem Buch gesellschaftliche Zusammenhänge und Hintergründe, die sich in den Anekdoten spiegeln, veranschaulicht werden. Die Wechselwirkung zwischen der Welt der Musik und der Musiker und den jeweiligen sozialen Verhältnissen bildet das übergeordnete Thema. Das trägt nichts Fremdes in die Anekdote hinein, sondern hebt ihren Wesenskern hervor. So bietet die Musiker-Anekdote in witzig-unterhaltsamer Form wichtiges und vor allem lebendiges Anschauungsmaterial für ein tieferes Verständnis psychologischer, soziologischer und kulturhistorischer Aspekte des Musiklebens in Vergangenheit und Gegenwart.

Stephan Pflicht, 1936 in Danzig geboren, Studium der Theaterwissenschaft, Germanistik, Geschichte, Musikwissenschaft und Soziologie in München, Mainz und Köln. Dr. phil., lebt als freischaffender Autor in München. Zahlreiche Veröffentlichungen, Rundfunksendungen und Schallplattendokumentationen zur Geschichte von Theater, Film, Kabarett, Chanson und Unterhaltungsmusik.

Stephan Pflicht

»...fast ein Meisterwerk«

Die Welt der Musik in Anekdoten

Eine heitere Musik-Soziologie

Schott Mainz · Piper München

SERIE MUSIK
PIPER · SCHOTT

Was wir auch für Chancen haben,
Erz und Stein und sonst noch was,
Unsre Namen einzugraben –
Eines Tags zerfällt auch das.

Was sie sich von dir erzählen,
Und mit Bosheit weiterleiten,
Das mußt du als Denkmal wählen,
Das allein hält Ewigkeiten.

Werner Finck

ISBN 3-7957-8350-X (Schott)
ISBN 3-492-18350-6 (Piper)

2. Auflage 5.–7. Tausend November 1995
Umschlaggestaltung: Federico Luci unter Verwendung
der Mahler-Karikatur »Der Operndirigent« von Theo Zasche
Druck und Bindung: Clausen & Bosse, Leck
Printed in Germany

Inhalt

Einführung

Die Anekdote als prägnante Wiedergabe einer wahren oder erfundenen Begebenheit, die schlaglichtartig den Charakter eines Menschen, eine Situation oder einen Zustand erhellt, hat eine lange Entwicklungsgeschichte. Ursprünglich mündlich überliefert, später von der lateinischen Kurzgeschichte inspiriert, ist sie als literarische Form der Fabel, dem Schwank und der Schnurre verwandt. Neue Impulse erhielt sie in der deutschen Literatur des achtzehnten Jahrhunderts durch die Aufklärung, die den Individualismus und die Bedeutung der Persönlichkeit zu einem zentralen Thema machte. So ist es kein Zufall, daß die Anekdote auch in späteren Zeiten immer wieder darauf zielte, Persönlichkeitsmerkmale in knapper und zumeist witziger Pointierung herauszustellen. In diesem Sinne ist Friedrich Nietzsches Aphorismus zu verstehen, daß drei Anekdoten das ganze Charakterbild eines Menschen vermitteln können. Wenngleich von moderner Skepsis gegenüber historischer Größe und Persönlichkeitskult geprägt, ist auch der Kabarettist Werner Finck von der psychologischen Charakterisierungskunst der Anekdote überzeugt. Das zeigen seine Verse, die diesem Buch als Motto vorangestellt sind. Ebenso trefflich, wie Anekdoten Charakterstrukturen bloßlegen, können sie jedoch auch Zeitverhältnisse kennzeichnen und die Quintessenz von Situationen wiedergeben.

Es gibt Anekdotenbücher der verschiedensten Art, und auch Musiker-Anekdoten werden immer wieder gesammelt und gedruckt. Es war nicht die Absicht des Verfassers, nur die zahlreichen Sammlungen zu vermehren oder schon des öftern erzählte und veröffentlichte Anekdoten lediglich neu zu formulieren, vielmehr soll dieses Buch über den Oberflächenhumor hinaus gesellschaftliche Zusammenhänge und Hintergründe, die sich in den Anekdoten spiegeln, sichtbar machen. Eine solche Betrachtungsweise trägt nichts Fremdes in die Anekdote hinein und befrachtet sie nicht unzumutbar, sondern hebt ihren Wesenskern hervor und wird damit ihrem eigentlichen Sinn in stärkerem Maße gerecht als Anekdotensammlungen, die nur der witzigen Unterhaltung dienen. Wohl wird in einigen neueren Sammlungen von Musiker-Anekdoten der Versuch unternommen, musik- und theatergeschichtliche Zusammenhänge darzustellen und auch zur Charakterkunde bedeutender Persönlichkeiten der Musik- und Theatergeschichte beizutragen, aber mit solchen an den Fachzusammenhängen und der Psychologie orientierten Büchern ist der Aussagegehalt der Anekdote keineswegs erschöpft. Deshalb bilden hier die darüber hinausreichenden Wechselwirkungen zwischen der Welt der Musik und der Musiker und den jeweiligen gesellschaftlichen Verhältnissen das übergeordnete Thema. Diese Einordnung der Musiker-Anekdote in soziologische Strukturen berücksichtigt selbstverständlich auch die persönlichkeitsbezogene Anekdote, da auch sie gesellschaftliche Hintergründe deutlich macht, schenkt aber zwangsläufig den weniger psychologisierenden Anekdoten größere Beachtung. Es war für den Verfasser verblüffend, im Verlaufe seiner Arbeit festzustellen, in welch hohem Maße die Musiker-Anekdote gesellschaftliche Zustände und soziale Verhältnisse illustriert. Dieser Versuch, die Musiker-Anekdote in soziologische Zusammenhänge zu bringen, kann jedoch nur ein Anfang sein. Mit der Kapiteleinteilung nach verschiedenen Einzelaspekten, so zum Beispiel *Bürgerliche Hausmusik und gesellschaftliche Repräsentation*, *Gesellschaftlicher Wandel und musikalischer Geschmack*, *Die gesellschaftliche Emanzipation der Musiker* oder *Musikmarkt und Musikgeschäft*, können zunächst nur Signale gesetzt werden. Es bedarf weiterer gründlicher Untersuchungen in dieser Richtung. Hier sei nur die Aufmerksamkeit darauf gelenkt, daß die Musiker-Anekdote nicht zuletzt ein wichtiges und vor allem lebendiges Anschauungsmaterial zur Musiksoziologie liefert.

Mit der Entwicklung der Schallplatte und der Rundfunktechnik wurden in unserem Jahrhundert die Möglichkeiten der mechanischen Musikwiedergabe und der Musikpopularisierung immer vielfältiger und perfekter. Seitdem ist die Musik zu einem allgegenwärtigen Bestandteil des täglichen Lebens geworden. Ob es dem einzelnen bewußt ist oder nicht, ob er die Musik liebt oder als störenden Lärm empfindet, in jedem Falle hat sie sich mit Hilfe der Technik zu einem Faktor entwickelt, der den Alltag unseres modernen Lebens wesentlich mitbestimmt. Durch die Massenmedien ist die Musik Tag und Nacht verfügbar. Vor der Zeit von Schallplatte, Rundfunk, Tonfilm, Fernsehen, Tonband, Musik- und Videokassette dienten vor allem gedruckte Notenausgaben der Verbreitung von Musik, und das unmittelbare Musikerlebnis war davon abhängig, selbst zu musizieren und zu singen oder dorthin zu gehen, wo musiziert und gesungen wurde.

Diese enge Beziehung zwischen Musikausübung und Musikgenuß ist heute weitgehend aufgehoben. Die Regel des modernen Musikverbrauchs ist der Druck auf den Knopf, der irgendein Tonwiedergabegerät in Betrieb setzt. Der Besuch des Musiktheaters oder einer Konzertveranstaltung ist heute die Ausnahme, wobei noch anzumerken ist, daß selbst Live-Darbietungen inzwischen vielfach nicht mehr ohne Mikrophone, Verstärkeranlagen und Lautsprecher auskommen, weil zumindest der Sound der Popmusik von elektrischen Klangeffekten geprägt ist und oft genug auch die Säle zu groß und die Stimmen der Sänger nicht tragfähig genug sind.

Wer früher eine Oper, eine Operette oder ein Sinfoniekonzert hören wollte, der mußte ins Theater oder in den Konzertsaal gehen. Geistliche Musik wurde vor allem in den Kirchen geboten. Wer Tanz- und Unterhaltungsmusik liebte, der besuchte Tanzlokale, Caféhäuser, Revuetheater und Varietés, wo Kapellen in den verschiedensten Besetzungen spielten. Heute legt man Schallplatten auf oder genießt im Fernsehen eine über Satellit weltweit übertragene Messe aus der Peterskirche in Rom oder eine Gala-Aufführung der Metropolitan Opera New York, geht in eine Diskothek oder erlebt die Show eines Popstars auf dem Bildschirm. Wer sich für die aktuellen Hits interessiert, hört die Schlagerparaden in Rundfunk und Fernsehen und kauft die neuesten Singles.

Diese Übertechnisierung der Musikverbreitung hat aber auch zwangsläufig Gegenbewegungen zur Folge. Der Wunsch, selbst zu musizieren und zu singen, wird bei Jugendlichen wie bei Älteren wieder zunehmend stärker. Dabei spielt das Bedürfnis nach Gemeinschaftserleben und Geselligkeit auch heute noch eine wesentliche Rolle. Es gibt zahlreiche neue Chorvereinigungen, Instrumentalgruppen, Laienorchester und Jugendkapellen. Musikbegeisterte Jugendliche greifen daheim oder auf Partys wieder selbst zum Instrument oder produzieren sich als Straßenmusikanten in den Fußgängerzonen der größeren Städte. Diese Entwicklungstendenzen bezeugen, daß sich der Mensch trotz des technischen Fortschritts nicht nur auf den Musikkonsum beschränken läßt, sondern ein elementares Bedürfnis hat, auch selbst zu musizieren und zu singen. Das war früher nicht anders, wenn auch heute das ganze Spektrum der Musik allgemein zugänglich ist, während die „gehobenere" Musik einstmals zu den Privilegien bestimmter Gesellschafts- und Bildungsschichten zählte. So gehörte es in bürgerlichen Kreisen zum guten Ton, daß „höhere Töchter" Klavier- und Gesangsunterricht erhielten. Oft geschah dies aus echter Musikbegeisterung, nicht selten waren aber auch gesellschaftlicher Ehrgeiz, Prestigedenken und Eitelkeit die Motive solcher Musikpflege. Hausmusik und Gesangvereine waren Ausdruck von Musizier- und Sangesfreude, Geselligkeitsbedürfnis und gesellschaftlichem Anspruch. Dabei war das fröhliche Zechen eine von vielen als besonders angenehm empfundene Begleiterscheinung des musikalischen Vereinslebens.

Trotz der vielgestaltigen künstlerischen und gesellschaftlichen Entwicklung der Musik und des Musiklebens in den vergangenen Jahrhunderten haben sich die Verhaltensweisen des Musikers und des Musikpublikums bis heute nicht grundlegend gewandelt. Selbst die durch weitgehende Technisierung bedingten tiefgreifenden Veränderungen der Musikkultur in unserem Jahrhundert haben weder die typischen Merkmale künstlerischer Sensibilität und Kreativität noch die Vielfalt der Publikumsreaktionen von der einfühlsamen Sachkenntnis bis zur Verständnislosigkeit und Ignoranz wesentlich umgeformt. Noch immer gelten Kunstverstand und musikalische Kennerschaft als Merkmale eines gehobenen gesellschaftlichen Anspruchs. Nach wie vor sind Komponisten, Sänger und Musiker als hochsensible Künstler von Eigenheiten geprägt, die sich vom allgemeinen Verhalten der Umwelt abheben. Auch heute werden individualistische Künstlermarotten und -ticks als Starallüren belächelt und dem unter fortwährendem Leistungsdruck stehenden Musiker nachgesehen. Das alles belegen die hier zusammengetragenen und neu erzählten Musiker-Anekdoten vom 17. bis zum 20. Jahrhundert, und in diesem Sinne haben sie alle zugleich auch aktuelle Bedeutung.

Was sich in unserer Zeit wesentlich verschärft hat, ist die Kommerzialisierung der Musik, besonders augenfällig im Bereich der Unterhaltungsmusik und des Showgeschäfts. Hier werden Talente skrupellos vermarktet. Wird einerseits der Musiker heute in seiner Ausbildung und in seiner Berufsentwicklung durch zahlreiche Maßnahmen mehr gefördert als je zuvor und ist dann auch seine Existenz durch feste Anstellungsverträge, durch den Schutz von Berufsverbänden und Interessenvertretungen sowie durch staatlich garantierte Sozialleistungen weitgehend gesichert, so sind andererseits doch viele freiberufliche Künstler dem härtestem Existenzkampf ausgeliefert. Wer dieser Vermarktung nicht gewachsen ist, bleibt auf der Strecke, während oft auch unzulängliche Begabungen, deren mangelhafte Qualifikation sich mit Hilfe der Technik kaschieren läßt, mit modischen Effekten vorübergehend Erfolg haben und in kurzer Zeit sehr viel Geld verdienen können. Diese Anekdotensammlung macht darüber hinaus schließlich auch noch deutlich, daß die heute allgemein praktizierte Trennung von E- und U-Musik, von „Ernster“ und Unterhaltungsmusik, in der Vergangenheit nicht üblich war. Selbst weltberühmte Virtuosen scheuten sich einst nicht, auch der Unterhaltung zu dienen, ohne daß dadurch ihre künstlerische Glaubwürdigkeit und ihr Ruhm gelitten hätten.

So spiegeln diese Anekdoten, wenn man ihre zeitgeschichtlichen Zusammenhänge und die gesellschaftlichen Hintergründe beachtet, eine Fülle von soziologischen, psychologischen und die gesellschaftlichen Hintergründe beachtet, eine Fülle von soziologischen, psychologischen und kulturhistorischen Aspekten, die über Witz und Pointe hinaus das Verständnis für das Musikleben in Vergangenheit und Gegenwart vertiefen.

Stephan Pflicht

Musik und Gesellschaft

So unvollendet habe ich die „Unvollendete" noch nie gehört ...

Bürgerliche Hausmusik und gesellschaftliche Repräsentation

Im Zeitalter des Absolutismus lagen die Pflege und Unterstützung der Kunst und des Künstlers in den Händen des Adels und der Kirche. Nur vereinzelt wirkten auch reiche Vertreter des Handelsbürgertums als Mäzene. Vorwiegend diente die Kunst damals höfischer und kirchlicher Repräsentation; nach der Französischen Revolution von 1789 trat sie dann zunehmend auch in den Dienst bürgerlicher Kulturentwicklung und Selbstdarstellung. In den sogenannten Salons wohlhabender Bürger des neunzehnten Jahrhunderts trafen sich die verschiedensten Künstler: Schauspieler, Literaten, Maler, Komponisten, Sänger und Instrumentalisten. In diesen Salons wurde nicht selten durch die Mitwirkung namhafter Komponisten und Virtuosen Außergewöhnliches geboten. Zumeist aber produzierten sich dort musikbegeisterte Laien. Im Unterschied zur Hausmusikpflege aus Liebhaberei innerhalb der Familie und unter Freunden setzte sich bei den auf gesellschaftliche Repräsentation zielenden musikalischen Salons und Hausmusikabenden der Teilnehmerkreis aus professionellen Künstlern, Kunstkennern und Musikliebhabern, mehr oder weniger überzeugenden Dilettanten sowie aus Ignoranten zusammen, die aus gesellschaftlichem Ehrgeiz Musikinteresse heuchelten.

Aus Renommiersucht waren die oft miteinander konkurrierenden Initiatoren solcher Veranstaltungen darauf bedacht, ihre Gästelisten mit klangvollen Namen zu schmücken. Daraus ergab sich ein Wettstreit, wer die meisten gerade in Mode befindlichen Künstler in seinem Hause präsentieren konnte. Der Gastgeber erwarb sich dabei zugleich den Ruf eines Kunstmäzens, auch wenn sich dieses Mäzenatentum oft darauf beschränkte, die Künstler zu bewirten und dafür auf ihr kostenloses Auftreten zu spekulieren. Dem Künstler bot sich damit zwar die Möglichkeit zu wichtigen gesellschaftlichen Kontakten, weit mehr brachte es ihn aber in die mißliche Situation, Wichtigtuer und Nichtskönner ertragen zu müssen und bei unzulänglichen musikalischen Darbietungen dilettierender Bürger gezwungen zu sein, sich diplomatisch aus der Affäre zu ziehen, wenn er um sein Urteil gebeten wurde. Die Etikette zwang zur Rücksichtnahme, da im allgemeinen Geld und Einfluß mehr galten als künstlerische Leistung. Der Künstler wurde zwar bewundert und hofiert, hatte aber in der gesellschaftlichen Hierarchie keinen Stellenwert.

Gioacchino Rossini befand sich des öfteren in der Verlegenheit, laienhafte musikalische Darbietungen ertragen zu müssen. Einmal wurde bei einem Festessen in einem Pariser Salon seine Tischdame, von der jeder wußte, daß sie zwar nicht besonders gut, dafür aber sehr gern sang, gebeten, etwas vorzutragen. Sie zierte sich erst eine Weile, erklärte sich dann jedoch bereit und kündigte eine Arie von Rossini an. Dabei flüsterte sie dem Komponisten zu: „Ich habe ja solche Angst!"

„Und ich erst!" erwiderte Rossini trocken.

Rossini, der sich in den letzten Jahrzehnten seines Lebens nur noch der Kochkunst und Feinschmeckerei widmete, war im Hause einer Pariser Gräfin zu einer musikalischen Soiree mit anschließendem Abendessen eingeladen. Zu seiner Enttäuschung bestand das Diner nur aus wenigen Gängen mit sehr kleinen Portionen. Als die Gräfin zum Abschied ihrer Hoffnung Ausdruck gab, daß der Maestro bald wieder einmal bei ihr speisen möge, antwortete Rossini spontan: „Wenn es Ihnen recht ist, dann sofort!"

Albert Lortzing, der ständig in Geldnöten war, wurde von einem Bankier zu einem Hauskonzert eingeladen. Der Gastgeber begrüßte den Komponisten mit jovialer Herzlichkeit: „Seien Sie mir willkommen und fühlen Sie sich bei mir wie zu Hause!"

Mit gequältem Lächeln entgegnete Lortzing: „Vielen Dank, aber ich hatte gehofft, es hier ein wenig besser zu haben!"

Im Hause eines musikliebenden Großbürgers traf Anton Bruckner eine Dame, die vor Jahren bei ihm Musikunterricht genommen, jedoch dabei nicht viel Talent bewiesen hatte. Väterlich begrüßte er seine ehemalige Schülerin und erkundigte sich: „Wie geht's Ihnen? Musizieren Sie noch soviel wie früher?"

Die Frau meinte bedauernd: „Leider nein, Herr Professor. Ich bin verheiratet und habe inzwischen schon drei Kinder, da bleibt zum Musizieren keine Zeit."

Bruckner nickte gütig und lächelte verschmitzt: „Jaja, Kinder sind doch ein großer Segen!"

Frédéric Chopin befand sich häufig in der Situation, auf einer Gesellschaft vorspielen zu müssen, obwohl er nicht dazu aufgelegt war. Ein zu Reichtum gekommener ehemaliger Schuhmacher forderte ihn einmal in plumper Vertraulichkeit auf, eine Probe seiner Kunst zu geben. Dabei bemerkte er leutselig: „Sie brauchen ja gar nicht lange zu spielen, mein Lieber. So ein bißchen La-la-la genügt. Nur damit man sieht, wie's gemacht wird."

Chopin rächte sich bald darauf und lud den ehemaligen Schuhmacher zu einem Abendessen in einem ausgewählten Kreise ein. Nach dem Diner überreichte ihm Chopin einen Hammer, Nägel, Sohlenleder und einen alten Schuh und erklärte dazu: „Bitte, lieber Meister, wollen Sie uns nicht eine Probe Ihres Könnens geben? Sie brauchen ja nicht den ganzen Schuh zu besohlen. So ein bißchen Bum-bum-bum genügt. Nur damit man sieht, wie's gemacht wird!"

Robert Schumann war mit der gefeierten Klaviervirtuosin Clara Wieck verheiratet. Bei gesellschaftlichen Anlässen, bei denen man der berühmten Pianistin huldigte, hielt sich der schweigsame Komponist stets bescheiden im Hintergrund. Nach einem Hauskonzert, in dem Clara Schumann auch einige Werke ihres Mannes vortrug, unterhielt sich der Gastgeber mit der Künstlerin und machte ihr Komplimente. Dann wandte er sich höflichkeitshalber auch an Robert Schumann: „Sie sind also der Gatte unserer hochverehrten Virtuosin, die uns heute so beglückt hat. Sind Sie auch musikalisch?"

Franz Liszt sollte in einem musikalischen Salon das Klavierspiel eines jungen Mädchens beurteilen. Nach dem Vortrag ging der greise Meister, der schon etliche Jahre zuvor zum Abbé geweiht worden war, mit langsamen Schritten auf die Klavierspielerin zu, legte ihr mit priesterlicher Gebärde die Hand aufs Haupt und sagte väterlich: „Mein gutes Kind, heiraten Sie!"

Wie viele große Konzertpianisten, so schätzte es auch Franz Liszt nicht sehr, wenn er allzu offensichtlich nur zu einer Gesellschaft eingeladen wurde, um dort die Gäste mit seinem Klavierspiel zu unterhalten. Als er einmal nach dem Diner unmißverständlich dazu aufgefordert wurde, sich für das Essen mit seiner Kunst zu revanchieren, schritt er feierlich zum Flügel. In einem unnachahmlich perlenden Glissando ließ er seine Hände von einem Ende der Klaviatur zum anderen gleiten, dann schloß er den Deckel, wandte sich zum Gehen und konstatierte dabei würdevoll: „So, damit ist das Diner bezahlt!"

Der Pianist und Dirigent Hans von Bülow befand sich einmal in der peinlichen Situation, über das dilettantische Klavierspiel eines reichen Leipziger Kleiderfabrikanten ein paar höfliche Worte zu finden. Bülow machte ein beeindrucktes Gesicht und sagte mit ernster Miene: „Ohne Zweifel, mein Bester, Sie gehören ins Gewandhaus!"

Eine Wiener Aristokratin, der Johannes Brahms einmal vorgestellt worden war, wollte daraufhin in ihrem Palais einen Brahms-Abend veranstalten. Sie bat den Komponisten um seine Anwesenheit und schickte ihm eine etwa zweihundert Namen umfassende Gästeliste mit der Bemerkung, er solle ungeniert alle Namen steichen, die ihm möglicherweise nicht genehm wären. Schon am nächsten Tag erhielt sie die Liste zurück. Nur ein einziger Name war gestrichen: Johannes Brahms.

Im Hause eines begüterten Wiener Geschäftsmannes saß man nach einigen musikalischen Darbietungen noch gemütlich beisammen. Zu Johannes Brahms hatten sich einige junge Verehrerinnen gesetzt. Um sie loszuwerden, zündete er sich eine dicke Zigarre an und hüllte sich in Rauchschwaden. Eine der jungen Frauen faßte schließlich Mut und sagte vorwurfsvoll: „Aber, verehrter Meister, man raucht doch nicht in Gegenwart von Damen!"

Schmunzelnd meinte Brahms: „Wo Engel sind, da müssen auch Wolken sein!"

Brahms, dem alle Überschwenglichkeit und theatralische Übersteigerung zuwider war, hörte auf einer Gesellschaft nach einem Hauskonzert im Kreise mehrerer Künstler den Tiraden eines Dichterlings eine Weile zu, bis er schließlich die Geduld verlor. Der Dichter erzählte, daß er von einem Palast mit Marmorwänden, Alabastersäulen und golddurchwirkten Gobelins geträumt habe: „Plötzlich öffnete sich eine große, mit edlem Silberzierat und kunstvollen Holzschnitzereien verzierte Flügeltür. Klopfenden Herzens stand ich da. Eine unbeschreibliche Erregung hatte mich ergriffen. Und tatsächlich, da sehe ich in der Tür eine von purpurner Lichterflut umflossene nackte weibliche Erscheinung. Zu meiner grenzenlosen Verwunderung war die Gestalt nur daumengroß. Mir stockte der Atem …"

„Weil sie so klein war?" erkundigte sich Brahms und löste mit seiner nüchternen Bemerkung allgemeines Gelächter aus.

Bei einem Konzert im Hause eines reichen Wiener Bürgers sang die Gastgeberin zu Ehren des anwesenden Johannes Brahms deutsche Volkslieder. Bei dem Lied *Wenn ich ein Vöglein wär'* sang der von ihrem gekünstelten Vortrag gequälte Brahms leise mit: „… und ich 'nen Kater hätt', den schickt' ich dir!"

Bei einer musikalischen Soiree in der Villa einer wohlhabenden Bürgerfamilie brachte ein junger Mann auf dem Klavier eine eigene Komposition zum Vortrag. Er griff mächtig in die Tasten, das Klavier dröhnte, und das *fortissimo* wollte kein Ende nehmen. Schließlich brach der junge Komponist abrupt ab, ließ erschöpft die Hände sinken und verkündete feierlich: „Das war ‚Napoleons Tod'!"

„Jaja", meinte ein Gast sarkastisch, „das kann ich mir vorstellen!"

Die junge Frau eines Berliner Geheimrates bat einen Musikprofessor, der zum Freundeskreis der Familie gehörte, ihr Gesangsunterricht zu geben, und erläuterte ihren Wunsch: „Sie brauchen mir nicht allzuviel Zeit zu opfern, denn ich will ja keine Opernsängerin werden. Ich möchte nur soviel lernen, daß ich bei unseren Hausmusikabenden ab und zu die Gäste erfreuen kann. Werde ich das wohl erreichen können?"

„Aber gewiß doch, meine Liebe", versicherte der Professor, „bei Ihrer guten Küche ist das kein Problem!"

In einem musikalischen Salon spielte die Tochter des Hauses eine Klavierbearbeitung der „Unvollendeten" von Franz Schubert. Danach fragte die Gastgeberin den anwesenden Komponisten Max Reger: „Nun, verehrter Meister, wie hat Ihnen das Spiel meiner Tochter gefallen?"

„Erstaunlich, gnädige Frau, so unvollendet habe ich die ‚Unvollendete' noch nie gehört!"

Max Reger war zu einer Abendgesellschaft eingeladen, bei der sich eine hübsche junge Dame aus vornehmem Hause auf dem Flügel produzierte. Da ihr Aussehen attraktiver war als ihr Spiel, flüsterte Reger seinem Nachbarn zu: „Wenn sie keinen Flügel hätte, wäre sie ein Engel."

Auf Einladung eines Großherzogs trug Max Reger einige seiner Werke vor. Nach dem Konzert lenkte die Großherzogin, die von der Sammlerleidenschaft des Komponisten wußte, das Gespräch auf ihre Sammlung von Musikantiquitäten und nannte dabei die kuriosesten Dinge wie den Elfenbeinknauf eines Spazierstocks von Franz Liszt und die Locke von einer Perücke Georg Friedrich Händels. Reger heuchelte großes Interesse und meinte dann ganz ernsthaft: „Auch ich habe einige kostbare Dinge in meiner Sammlung. Das Wertvollste ist ein Loch aus der Zauberflöte von Wolfgang Amadeus Mozart."

Während seines Militärdienstes im ersten Weltkrieg mußte der Violinvirtuose Georg Kulenkampff häufig im Offizierskasino spielen. Dabei pflegte er das Stützkissen schon vor seinem Auftritt unter die Uniform zu schieben. Nach einem solchen Konzert vor hohen Offizieren äußerte ein preußischer General: „Doller Geiger, dieser Kulenkampff! Jut jewachsen, jroß und schlank! Aber leider keine Haltung, linke Schulter janz schief!"

Der Klaviervirtuose Moriz Rosenthal war wegen seines geistreich-witzigen Erzähltalentes und seiner Schlagfertigkeit sehr beliebt. Ein musikalisch nicht sonderlich interessierter, aber sehr wohlhabender Bürger hörte von Rosenthals Unterhaltungskünsten und lud ihn deshalb in sein Haus ein. Tatsächlich wurde Rosenthal auch hier zum Mittelpunkt der Gesellschaft. Schließlich wurde er von einem der Gäste, der Rosenthal als gefeierten Klavierspieler kannte, gebeten, den Anwesenden eine Probe seines großen pianistischen Könnens zu geben. Verblüfft rief der ahnungslose Gastgeber: „Was, Klavier spielen können Sie auch?"

Auf einer Gesellschaft mußte Moriz Rosenthal das unzulängliche Klavierspiel einer jungen Dame aus gutem Hause über sich ergehen lassen. In übermäßig gedehntem Zeitmaß trug sie Chopins „Minutenwalzer" vor. Von der jungen Pianistin nach seinem Urteil befragt, zog sich Rosenthal galant aus der Affäre: „Mein liebes Fräulein, das war eine reizende Viertelstunde!"

Zum sechzigsten Geburtstag eines Industriellen spielten musikbegeisterte Freunde des Hauses ein Streichquartett. Beim Abendessen fragte dann der zweite Geiger den neben ihm sitzenden Moriz Rosenthal, wie ihm das Konzert gefallen habe.

„Vortrefflich!" log Rosenthal.

„Waren denn unsere Tempi Ihrer Meinung nach richtig?"

„O ja", meinte Rosenthal, „vor allem Ihr Tempo!"

Der Violinvirtuose Fritz Kreisler wurde in das Haus eines amerikanischen Bankiers zum Souper eingeladen. Selbstverständlich rechnete man damit, daß Kreisler bei dieser Gelegenheit die Gäste mit seinem Spiel unterhalten würde. Der Virtuose erschien jedoch ohne sein Instrument. Enttäuscht erkundigte sich der Gastgeber, warum er denn seine Geige nicht mitgebracht habe.

„Ich bedauere außerordentlich", beteuerte Fritz Kreisler mit formvollendeter Höflichkeit, „aber meine Geige soupiert nicht."

Der Operntenor Leo Slezak, der Tafelfreuden sehr zugetan war, wurde von einer ebenso reichen wie geizigen Familie eingeladen. Anstatt, wie erwartet, gastlich bewirtet zu werden, legte die musikbegeisterte Hausherrin zur Unterhaltung der Gäste eine Schallplatte nach der anderen auf. Die Zeit verging in allgemeiner Langeweile. Schließlich wandte sich die Gastgeberin mit der Frage an Leo Slezak: „Sagen Sie, Herr Kammersänger, welches ist denn Ihre Lieblingsplatte?"

„Wenn Sie mich schon danach fragen, gnädige Frau“, meinte Slezak mit einem verbindlichen Lächeln, „am liebsten wäre mir jetzt eine große kalte Platte!“

Ein musikbegeisterter Fabrikbesitzer lud seinen Hausarzt zum Abendessen ein und fügte hinzu: „Sie werden einen netten Kreis interessanter Menschen vorfinden. Es wird sehr gemütlich werden. Meine Frau wird singen, und unser Töchterchen wird Cello spielen. So gegen neun Uhr werden wir dann essen.“

Der Arzt bedankte sich für die Einladung und erklärte: „Ich werde also gegen neun bei Ihnen sein!“

Richard Strauss wurde von der Frau eines Berliner Kommerzienrates zum Abendessen eingeladen: „Es handelt sich nur um einen kleinen Kreis musikliebender Freunde, und wir machen gar keine großen Umstände.“

Strauss erwiderte: „Wenn ich zu Ihnen komme, Frau Kommerzienrat, dann können Sie ruhig Umstände machen!“

Hans Pfitzner, zu dessen Bühnenwerken die Oper *Der arme Heinrich* gehört, hatte nach einem Hauskonzert eine junge Dame als Tischnachbarin, die sich bemüßigt fühlte, mit dem Komponisten über Musik zu plaudern und sich als Verehrerin seiner Kunst auszugeben. Dabei verwechselte sie den Titel von Pfitzners Oper mit dem des Romans von Gottfried Keller und beteuerte: „Ganz besonders, verehrter Meister, liebe ich Ihre Oper ‚Der grüne Heinrich‘!“

Pfitzner verzog keine Miene, unterbrach aber den Redeschwall und bat seine Tischnachbarin: „Ach, hätten Sie wohl die Güte, mir den armen Salat herüberzureichen!“

Auf der Geburtstagsfeier eines Berliner Warenhausbesitzers sang Richard Tauber einige Lieder. Im weiteren Verlauf des Abends machte dann ein übertrieben von sich überzeugter Gast mit dem Tenor Konversation und prahlte dabei mit seinen Beziehungen zu adligen Kreisen: „Gestern war ich bei Baron Schmettau zu Tisch. Ein äußerst gebildeter Herr! Er meinte übrigens, daß er Esel und Tenöre nicht ausstehen könne."

Tauber entgegenete schlagfertig: „Da werden Sie sich aber bei dem Baron nie wieder sehen lassen dürfen!"

Nach dem Fünfuhrtee brachte die Dame des Hauses ihren Gästen eine Arie aus Mozarts Singspiel *Die Entführung aus dem Serail* zu Gehör. Da öffnete sich die Salontür und ein älterer Herr fragte besorgt: „Hat hier jemand um Hife gerufen?"

Da flüsterte ein Gast seinem Nachbarn zu: „Wahrscheinlich Mozart!"

Ein bekannter Kritiker war bei einer vornehmen Familie zu einem Hauskonzert eingeladen. Als er den Salon betrat, spielte die Tochter des Hauses gerade ein Klavierstück von Robert Schumann. Sie unterbrach ihr Spiel und wandte sich an den Kritiker mit den Worten: „Ich habe gehört, daß Sie Schumann besonders lieben."

„Das stimmt", erklärte der Kritiker, „aber das macht nichts, spielen Sie ruhig weiter!"

Während eines Hauskonzertes wurde plötzlich die Tür aufgerissen, und ein Polizist trat ein. Der Hausherr ging auf den Ordnungshüter zu und fragte: „Was wollen Sie? Ist etwas passiert?"

„Ja", meinte der Polizist, „soeben verließ ein Herr ganz aufgeregt dieses Haus und rief, er könne es nicht ertragen, daß hier ein gewisser Herr Wagner grausam mißhandelt wird ..."

In einem vornehmen Bürgerhaus spielte ein Arzt auf seiner Geige eigene Kompositionen von sehr mittelmäßiger Qualität. Ein Musikkenner wandte sich danach an den Arzt und gab seiner Überraschung Ausdruck: „Ich wußte gar nicht, daß Sie auch komponieren."

„Ach", winkte der Arzt bescheiden ab, „ich komponiere nur, um die Zeit totzuschlagen."

Boshaft entgegnete der Musikkenner: „Ja, haben Sie denn keine Patienten mehr?"

Der berühmte italienische Bassist Ezio Pinza sang auf einer Party in Hollywood. Unter den prominenten Gästen war auch ein erfolgreicher Filmproduzent.

„Nicht unbegabt, dieser Sänger, und vorzügliche Erscheinung!" flüsterte er dem Gastgeber zu. „Aus dem könnte man was machen!"

„Ja, wissen Sie denn nicht, wer das ist?" entgegnete verblüfft der Gastgeber. „Er heißt Ezio Pinza."

„Klingt nicht besonders, aber das macht nichts, der Name muß sowieso geändert werden!"

Der große Pianist Artur Rubinstein spielte einmal im Hause eines Großindustriellen einige Nocturnes von Chopin mit der ihm eigenen vergeistigten Zartheit. Jovial versicherte daraufhin der Gastgeber dem Pianisten: „Es war wunderbar, verehrter Meister, aber Sie hätten ungeniert lauter spielen können, denn das Haus gehört mir ganz allein!"

Arnold Schönberg, der wegen des Nationalsozialismus nach Amerika emigriert war, wurde zu einer Hollywood-Party eingeladen. Verwirrt verfolgte der sonst sehr zurückgezogen lebende Komponist das Geplauder der Gäste, das sich mehr um Geld, Mode und Stars als um Kunst und Musik drehte. Da wandte sich eine Managerin an den Komponisten: „Mister Schönberg – so heißen Sie doch, nicht wahr? Ich hörte, Sie sind Komponist. Was war denn Ihr letzter Hit? Ach, spielen Sie uns doch einen Ihrer Songs!"

Entsetzt verließ der Schöpfer der Zwölftonmusik fluchtartig die Party.

Jetzt noch die Toselli-Serenade …

Gesellschaftlicher Wandel und musikalischer Geschmack

Jede Zeit und jede Gesellschaftsordnung hat ihre eigenen Formen des Musikerlebnisses und des Musikverständnisses. Welches Verhältnis der einzelne dazu entwickelt, hängt von seinem persönlichen Musikempfinden und seinem musikalischen Geschmack ab, die wesentlich von sozialer Herkunft und Bildung geprägt sind. Ohne Verständnis für historische Zusammenhänge und Stilentwicklungen ist zweifellos der Zugang zur „klassischen" Musik schwieriger. Umgekehrt ermöglicht musikgeschichtliche und -theoretische Unbefangenheit eine naivere Hingabe an unkomplizierte Melodien und Rhythmen, an Modeströmungen der Tanz- und Unterhaltungsmusik. Mancher Opernliebhaber oder Bewunderer sinfonischer Musik beklagt sich über die Monotonie der modernen Popmusik, Jazzfanatiker lächeln über die banalen Schlager-Hitparaden, während wieder andere entsetzt sind, daß es noch immer Anhänger der Volksmusik und der Pseudo-Folklore gibt. Wer die Klangcluster elektronischer Musik bevorzugt, spottet vielleicht über Leute, die weiterhin bei Bruckner oder Mahler in Verzückung geraten. Nicht zuletzt gibt es auch Menschen, die der Musik beziehungslos gegenüberstehen oder sie gar als lautes Geräusch und damit als störend empfinden.

So verfügt jede Zeit trotz allem Wandel des Musikverständnisses über ein breites Spektrum des Musikerlebnisses. Neben dem sachkundigen Musikfreund aus echtem Interesse und ehrlicher Begeisterung, wobei es in diesem Zusammenhang gleichgültig ist, welche musikalischen Gattungen und Formen bevorzugt werden, steht der Mitläufer, der nur darauf bedacht ist, mitreden zu können, sich ohne eigenständige Meinung nur den Modetrends und vorherrschenden Geschmacksurteilen anschließt. Nicht selten maßen sich gerade diese „Musikfreunde" meinungsbildende Sachkenntnis an. Eine andere Form der Inkompetenz und Beziehungslosigkeit zur Musik beruht auf naiver Unwissenheit und Unbildung sowie auf undifferenziert sentimentalem Gefühlsüberschwang.

Diese individuell so unterschiedliche Teilnahme am Musikleben ist dem einzelnen nicht immer in allen Details bewußt, aber keiner kann sich der permanenten Gegenwärtigkeit der Musik in unserer modernen Gesellschaft entziehen, und jeder muß seine eigene Beziehung zur Musik und damit seinen musikalischen Geschmack entwickeln.

Als der Dresdner Hofkapellmeister Johann Gottlieb Naumann nach Stockholm an die Königliche Oper berufen wurde, legte er an der schwedischen Grenze seinen Paß vor, in dem als Beruf „Kursächsischer Kapellmeister“ eingetragen war. Der Wachtposten konnte sich darunter nichts vorstellen. Nach mehreren vergeblichen Erklärungsversuchen wurde Naumann schließlich energisch: „Ich bin der General aller kursächsischen Musikanten und reise auf den besonderen Wunsch Eures Königs nach Stockholm, um dort mit den schwedischen Musikanten zu exerzieren.“

Daraufhin salutierte der Grenzposten und schrie: „Wache raus! Der General der Musikanten ist da!“

Die Soldaten präsentierten das Gewehr, und Naumann passierte huldvoll grüßend die Grenze.

Joseph Haydn befand sich mit seinem Diener und Notenschreiber auf der Reise von Österreich nach England. An der Grenze bei Passau prüfte der Posten Haydns Paß, stutzte bei der Berufsbezeichnung und rief dann einen Kameraden herbei: „Sag, weißt du, was ein Tonkünstler ist?“

„Na, was wird das schon sein? Ein Hafner, ein Töpfer!“

Belustigt ging Haydn darauf ein, nickte bestätigend, deutete auf seinen Reisebegleiter und sagte: „Und dieser da ist mein Geselle!“

Der mit Goethe befreundete Berliner Komponist Carl Friedrich Zelter besuchte die Aufführung einer Oper von Gaspare Spontini. Das Orchester vollführte einen gewaltigen Lärm. Als Zelter das Theater verließ, spielte eine Militärkapelle gerade den Großen Zapfenstreich. „Was für eine Wohltat“, rief er erleichtert aus, „diese sanften Klänge!“

Der Dirigent Felix Mottl erlebte um die Jahrhundertwende den Wandel des musikalischen Geschmacks der Generationen in der eigenen Familie. Einmal erzählte er den Orchestermusikern der Münchner Hofoper betrübt, daß sein halbwüchsiger Sohn für die von ihm so geliebten Musiktraditionen gar kein Verständnis zeige. „Ich habe neulich einen Nachmittag auf dem Klavier Werke von Johann Sebastian Bach gespielt. Da kam plötzlich mein Sohn ins Zimmer und fragte, ob das Musik von Bach sei. Ich war überglücklich und wollte wissen, wie der Junge das so richtig erkannt habe. Darauf meinte mein Sohn: ‚Ganz einfach, Vater, weil's so langweilig ist.'"

Zur Vorbereitung der Uraufführung seiner Oper *Intermezzo* weilte Richard Strauss in Dresden. Im berühmten Hotel „Bellevue" traf er sich regelmäßig mit Freunden zu einer Skatrunde. Eine Verehrerin hatte davon erfahren und suchte im Hotel nach dem Komponisten. Schließlich wandte sie sich an einen Kellner und fragte: „Ist der Meister schon da? Er spielt doch immer hier!"

Verständnislos lächelte der Kellner.

Darauf wiederholte die Dame die Frage: „Spielt Meister Strauss denn heute nicht hier?"

Aus dem großen Saal hörte man Orchesterklänge. Plötzlich schien der Kellner die Frage zu begreifen. Würdevoll erklärte er: „Ich bedaure, gnädige Frau, Meister Strauss spielt leider nicht bei uns. Wir haben unsere eigene Kapelle!"

Ein bekannter Berliner Musikkritiker ging nach einem Konzert in ein großes Hotel, um dort zu speisen. Die Hauskapelle spielte lautstark die Schlager der Saison. Der Kritiker wandte sich an den Kellner und fragte: „Spielt die Kapelle auch etwas auf Wunsch der Gäste?"

„Selbstverständlich, mein Herr! Was sollen sie denn spielen?"

„Meinetwegen Skat, Domino oder Blindekuh, das ist mir ganz egal, ich möchte nur in Ruhe essen!"

Ein berühmtes Streichquartett fuhr zu einem Gastspiel nach Ungarn. An der Grenze mußten die Musiker ihre kostbaren alten Instrumente vorweisen. Barsch fragte der Zöllner: „Sind die Instrumente neu?"

Guten Gewissens versicherten die Musiker: „Nein, uralt!"

„Dann ist alles in Ordnung", meinte der Zöllner und ließ die Musiker ungehindert passieren.

Zu dem allwöchentlichen Treffen des Gesangvereins „Harmonie" nahm ein Sangesbruder einen Arbeitskollegen mit. Nach einigen Glas Bier in fröhlicher Runde fragte man den Neuling: „Na, wie gefällt es Ihnen bei uns?"

„Eigentlich ganz gut. Ich wundere mich bloß, daß man hier nur trinkt und Witze erzählt. Wann wird denn gesungen?"

„Erst auf dem Heimweg!"

Ein Sangesbruder traf einen Vereinskameraden auf der Straße und erkundigte sich: „Warst du krank? Oder warum kommst du nicht mehr zum Singen?"

„Nein, nein, mir geht es gut. Aber ich habe das Saufen aufgegeben."

„Papi, kaufst du mir eine Trompete?" bettelte ein kleiner Junge, als er mit seinem Vater einen Rummelplatz besuchte.

„Das hat mir gerade noch gefehlt!" brummte der Vater.

„Dann möchte ich eine Trommel!"

„Trompete oder Trommel, das macht mir alles zuviel Krach!"

„Ach bitte, Papi! Ich verspreche dir auch, daß ich nur spiele, wenn du schläfst!"

Zwei Freunde trafen sich nach längerer Zeit wieder: „Nun, wie geht's? Was macht die Tochter?"

„Die hat inzwischen geheiratet und erwartet ihr erstes Kind."

„Sie hat doch jahrelang Gesang studiert. Hat sich denn da die teure Ausbildung gelohnt?"

„Na klar, ich konnte die Nachbarhäuser weit unter Preis kaufen!"

In einem italienischen Palazzo bestaunte ein Ehepaar aus Bayern ein großes Wandgemälde mit allegorischen Figuren. Ein nackter Jüngling war von tanzenden und musizierenden Frauen umringt. Interessiert fragte die Frau ihren Mann, was das Gemälde wohl darstelle. Da er keine Antwort wußte, erkundigte er sich bei einem Berliner Touristen, der ihm ausführlich erläuterte, daß es sich bei dem Gemälde um „Apollo mit den Musen" handle. Der Bayer hatte den Redefluß des Berliners nicht richtig verstanden und erklärte seiner Frau: „Dös is Napoleon mit der Musi!"

Familie Lehmann bezog eine neue Wohnung. Beim Einzug machte sich Frau Lehmann mit ihrer Nachbarin bekannt und erklärte: „Mein Mann ist Pauker."

„So ein Zufall", sagte die Nachbarin erfreut, „mein Sohn ist nämlich auch Lehrer!"

Ein Familienvater brütete über einem Kreuzworträtsel. Da er offensichtlich nicht weiterwußte, wandte er sich an die Kinder: „Mir fehlt eine Operette von Eduard Künneke mit neunzehn Buchstaben!" Die theaterbegeisterte Tochter rief: *„Der Vetter aus Dingsda."*

„Dingsda, Dingsda", erwiderte der Vater tadelnd, „das nützt mir gar nichts, wenn du es nicht genau weißt!"

Im Hausflur eines modernen Wohnblocks hing ein Zettel: „Geige zu verkaufen“.

Am nächsten Tag hatte jemand daruntergeschrieben: „Endlich!“

Eine Seniorengruppe aus Leipzig besuchte die Wartburg. Danach verweilten alle auf der Aussichtsplattform vor dem Burgtor. Sie genossen den romantischen Anblick der mittelalterlichen Burg und die untergehende Sonne über dem Wipfelmeer des Thüringer Waldes. Die andächtige Stille wurde von einer Frau unterbrochen, die in unverfälschtem sächsischen Dialekt begeistert ausrief: „Ginder, jetzt noch de Doselli-Särenahde, un de Dannhäuser-Stimmung wär' färtch!“

Ein junger Posaunist der Münchner Philharmoniker hatte eine kleine Wohnung in einem Schwabinger Neubaublock. Dort war das Üben zwar ein Problem, aber die Nachbarn hatten sich daran gewöhnt und zeigten Verständnis, wenn der Musiker sie nicht gerade in ihrer Nachtruhe störte. Der Posaunist war ein geselliger junger Mann und hatte oft bis in die Morgenstunden Gäste. Einmal wurde er von einem Freund gefragt: „Sag mal, wie spät ist es eigentlich?“

„Ich weiß es nicht, meine Uhr ist kaputt. Aber ich kann es dir trotzdem gleich sagen.“

Er ging auf den Balkon und blies auf seiner Posaune. Sofort erschien ein Nachbar am Fenster und schrie: „So eine Unverschämtheit! Mitten in der Nacht! Sie wissen wohl nicht, daß es schon fünf nach drei ist!“

Die von Popmusik begeisterte kleine Stefanie wurde ins Bett gebracht. Die Mutter setzte sich an den Bettrand und sang ihrer Tochter zum Einschlafen einige alte Wiegenlieder vor. Klein Stefanie ließ den gefühlvollen Gesang einige Zeit über sich ergehen, dann richtete sie sich auf und fragte: „Darf ich jetzt schlafen, Mutti, oder willst du noch weitersingen?"

Ein älteres Ehepaar ging mit den Enkelkindern zum Weihnachtseinkauf. Sie erwarben einen Fernseher, einen Videorecorder, eine Stereoanlage mit Radio, Plattenspieler, Kassettenrecorder und Lautsprecherboxen sowie einen Walkman. Sie schleppten alle diese Geräte zum Auto, und der Großvater stöhnte: „Also Kinder, ich kann mich gut an Zeiten erinnern, da mußten wir unsere Unterhaltung noch selbst machen!"

Der Musiker
in der Gesellschaft

Was nützt uns der Lorbeer, wir haben keinen Karpfen ...

Die gesellschaftliche Emanzipation der Musiker

Bis zum Ende des neunzehnten Jahrhunderts standen die Künstler entweder direkt im Sold des Adels und der Kirche oder erhielten zumindest ihre Aufträge von weltlichen und geistlichen Fürsten und später auch von bürgerlichen Mäzenen. Die Komponisten, Musiker und Sänger wirkten in Hofkapellen und Hofopern oder arbeiteten für Kirchen und das Bürgertum der Städte. Einzelne brachten es dabei zu beachtlichem Reichtum und hoher gesellschaftlicher Anerkennung, die meisten lebten jedoch in bescheidenen wirtschaftlichen Verhältnissen und in völliger Abhängigkeit von den wohlhabenden Schichten der Gesellschaft. Noch im neunzehnten Jahrhundert, als die Künstler sich zu emanzipieren und ihre Ausnahmesituation innerhalb der Gesellschaftsstruktur zu kultivieren begannen, indem sie ihr Künstlertum zum Adel des Geistes erklärten und dem Geniekult huldigten, hatte ihre gesellschaftliche Position keinen hohen Stellenwert. Man bewunderte und hofierte sie nur, wenn sie sich erfolgreich durchsetzten und berühmt und dementsprechend vermögend wurden. Daran hat sich auch in unserem Jahrhundert, in dem das private Mäzenatentum vielfach durch staatliche Förderungsmaßnahmen, öffentliche Aufträge und eine weitgehende Kommerzialisierung der Kunst abgelöst wurde, nichts Wesentliches geändert. Auch heute ist der soziale Status eines Künstlers von seinem Marktwert abhängig. Seit dem ausgehenden achtzehnten Jahrhundert hatte sich die Musik allmählich von der höfischen und sakralen Dienstleistung zur autonomen Kunst emanzipiert. Das einstige kompositorische und instrumentale „Handwerk" verselbständigte sich zum Geniekult und „begnadeten" Virtuosentum. Heute ist die professionelle Ausübung von Musik zum Beruf geworden, der soviel oder sowenig einbringt wie jeder andere Beruf.

Dabei kommt es nicht allein auf das fachliche Können an, sondern zugleich auf die Fähigkeit, sich im Konkurrenzkampf durchsetzen, sich Protektion und Popularität verschaffen und die kommerziellen Strukturen des Musiklebens zu seinem Vorteil nutzen zu können. Auch heute noch verdienen einzelne international renommierte Künstler ungeheure Summen, während andere hart um ihre Existenz ringen müssen. Von dieser sozialen Problematik besonders betroffen sind vor allem die freischaffenden Künstler. Je mehr sie sich Zeitforderungen und Modeströmungen anpassen, um so größer sind ihre Erfolgschancen. Je weniger sie zu Konzessionen bereit sind, um so höher ist auch ihr wirtschaftliches Risiko.

Dennoch hat sich die gesellschaftliche Situation des Künstlers in unserem Jahrhundert entscheidend verbessert. In einem festen Anstellungsverhältnis hat er Anspruch auf soziale Leistungen seines Arbeitgebers sowie auf Altersversorgung. Tarifbestimmungen regeln das Mindesthonorar, die Dauer der Arbeitszeit und den Anspruch auf Urlaub. Bis zum neunzehnten Jahrhundert war der Künstler weitgehend von der Laune der Mäzene abhängig, die ihn anstellten oder in anderer Weise unterstützten, diese Unterstützung aber nach Gutdünken jederzeit versagen konnten.

Trotz der modernen sozialen Errungenschaften ist für viele Musiker immer noch die Alterssituation ein besonderes Problem. Für jeden ist die Tatsache, daß die Leistungsfähigkeit im Alter nachläßt, seelisch schwer zu bewältigen. In unserer schnellebigen Gesellschaft wird dieser Konflikt noch dadurch verstärkt, daß alte Menschen keineswegs mehr geachtet sind. Auch wenn es prominente Beispiele dafür gibt, daß sich hervorragende Musiker ihren geistigen und technischen Standard bis ins hohe Alter bewahren, bleibt doch für viele auf der Höhe ihrer Karriere die deprimierende Erfahrung, daß sie aus Altersgründen die Gunst des Publikums verlieren und bei unzureichender Absicherung nicht selten in wirtschaftliche Not geraten.

Dem Bach-Sohn Johann Christian warf einmal ein Freund vor, daß er zu flüchtig arbeite und sein Geld zu leichtsinnig verschwende, statt wie sein älterer Bruder Carl Philipp Emanuel große, ernsthafte Werke zu schreiben. Darauf antwortete Johann Christian: „Das mag sein, aber mein Bruder lebt, um zu komponieren, und ich komponiere, um zu leben."

Der junge Joseph Haydn stand noch nicht lange als Kapellmeister im Dienst des Hauses Eszterházy, als Fürst Nikolaus in der Nähe des Neusiedler Sees das Schloß Eszterháza erbauen ließ. Dieses Schloß wurde bald zum Lieblingsaufenthalt des Fürsten. Für jeweils sechs Monate übersiedelte der Hof alljährlich von der Residenz in Eisenstadt nach Eszterháza. Der musikliebende Fürst nahm auch die Hofkapelle mit, die Familien der Musiker verblieben jedoch in Eisenstadt. Da die Kapelle aus jungen Männern bestand, zählte man natürlich die Tage, bis der Sommeraufenthalt in Esterháza zu Ende ging. Um so größer war die Enttäuschung, als der Fürst einmal beschloß, seinen Aufenthalt um zwei Monate zu verlängern. Deshalb bestürmten die Musiker ihren Kapellmeister, den Fürsten zu bewegen, sie nach Eisenstadt zurückkehren zu lassen. Haydn kam so auf die Idee, eine Komposition zu schaffen, mit der man auf dezente Weise den Wunsch der Musiker zum Ausdruck bringen konnte. Er schrieb zu diesem Zweck die „Abschiedssinfonie", die so gestaltet ist, daß während des Spiels allmählich ein Musiker nach dem andern endigt, sein Instrument einpackt, das Licht löscht und geht.

Der Fürst begriff die Anspielung und sagte lächelnd zu seinem Kapellmeister: „Ich habe verstanden. Morgen können die Musiker alle abreisen!"

Im Jahre 1805 starb der Tenor Hansl Haydn, der wie sein Bruder Joseph am Hofe des Fürsten Eszterházy in Eisenstadt gewirkt hatte. Irrtümlich verbreitete sich das Gerücht, Joseph Haydn sei gestorben. Zum Gedächtnis an den großen Toten sollten in Paris eine von Luigi Cherubini komponierte Trauerkantate und von Rodolphe Kreutzer ein Violinkonzert nach Themen von Haydn aufgeführt werden. Als Haydn davon erfuhr, meinte er gelassen: „Wenn ich von der Totenfeier etwas gewußt hätte, dann wäre ich nach Paris gefahren und hätte selbst das Konzert dirigiert!"

Ein Notenschreiber beklagte sich beim siebzigjährigen Joseph Haydn über die Beschwerden des Alters. Der Komponist antwortete ihm: „Mein lieber Freund, ich kann Sie gut verstehn, denn mir geht es nicht besser. Aber glauben Sie mir, trotz allem ist das Altwerden immer noch die einzige Möglichkeit, lange zu leben."

Die französische Opernsängerin Magdaleine-Sophie Arnould feierte noch in einem Alter Triumphe, in dem andere bereits den Höhepunkt längst überschritten hatten. Obwohl ihre Stimme schon merklich nachließ, war die Ausstrahlung ihrer Persönlichkeit so stark, daß ihre Vortragskunst und Rollengestaltung das Publikum nach wie vor faszinierten.

Bei einer Aufführung von Glucks *Orpheus und Eurydike* wurde der Komponist nach seinem Urteil über die Sängerin gefragt. Gluck antwortete: „Sie ist hinreißend. Sie hat das schönste Asthma, das ich je in meinem Leben gehört habe."

Mozart war in Wien als Hofkomponist Nachfolger von Christoph Willibald Gluck. Während jedoch Gluck ein Jahreshonorar von zweitausend Gulden erhalten hatte, waren Mozart vom Kaiser nur 800 Gulden bewilligt worden. Zudem verwöhnte ihn der Wiener Hof nicht gerade mit Aufträgen, so daß Mozart, als er einmal Angaben über sein Einkommen machen mußte, schrieb: „Zuviel für das, was ich leiste; zuwenig für das, was ich leisten könnte."

Mozart und seine Frau Constanze hatten ständig mit finanziellen Sorgen zu kämpfen. Als der Komponist einmal mit einem riesigen Lorbeerkranz nach Hause kam, meinte seine Frau: „Was nützt uns der Lorbeer, wir haben keinen Karpfen."

Ein sehr standesbewußter Wiener Adeliger und kaiserlicher Rat hatte Beethoven als Klavierlehrer für seine Tochter engagiert. Nach einiger Zeit bat das Mädchen den Vater, doch einmal Beethoven zum Essen einzuladen. Entsetzt wehrte der Vater ab: „Was für eine absurde Idee, mein gutes Kind! Ein Klavierlehrer an unserer Tafel!"

In einer finanziellen Notsituation wandte sich Beethoven an seinen Bruder Johann, der auf zweifelhafte Weise zu Vermögen und Ansehen gekommen war, mit der Bitte um Hilfe. Der Bruder lehnte ab, machte Beethoven Vorhaltungen, daß er es mit seiner Musik zu nichts gebracht habe, und unterzeichnete selbstgefällig: „Johann van Beethoven, Gutsbesitzer".

Der Komponist schrieb daraufhin seinem Bruder: „Ich brauche dein Geld und deine Predigten nicht. Ludwig van Beethoven, Hirnbesitzer".

Bei einem festlichen Abendessen im Hause eines großen Musikverlegers wandte sich der Gastgeber an den Pianisten und Komponisten Johann Nepomuk Hummel und beklagte sich darüber, daß der Geschäftsgang zu schlecht sei, um das für sein neuestes Werk geforderte Honorar zahlen zu können. Hummel ließ sich in seinem Appetit nicht stören und beharrte auf seiner Forderung. Da verlor der Verleger die Geduld und schimpfte: „Ihr Komponisten seid alle größenwahnsinnig und wollt uns Verleger an den Bettelstab bringen!"

Nun verging Hummel der Appetit und er rief empört: „Ihr reichen Verleger, wie könntet ihr solche Festessen veranstalten, wenn wir armen Komponisten nicht wären!"

Der französische Komponist François Auber wurde fast neunzig Jahre alt. Den Gedanken an den Tod hatte er fast bis zuletzt immer wieder von sich gewiesen. Wenn man ihn daran erinnerte, daß auch sein letztes Stündlein schlagen werde, meinte er optimistisch: „Ich werde es einfach überhören!"

Erst im hohen Alter schreckte ihn der Tod nicht mehr. So sagte er bei der Beerdigung eines Freundes: „Ich glaube, das ist das letzte Mal, daß ich so etwas als Amateur miterlebe."

Der Vater des italienischen Komponisten Vincenzo Bellini war über die Berufswahl seines Sohnes sehr unglücklich und klagte einem Freund gegenüber: „Wir haben ein Haus, wir haben Weinberge, wir müssen keine Not leiden, aber unser Vincenzo hat das alles im Stich gelassen. Er ist ganz aus der Art geschlagen, er hat sich für eine brotlose Kunst entschieden. Es ist entsetzlich – er ist Musiker geworden."

Bei einem Fest auf einem gräflichen Schloß sang die Primadonna Adelina Patti eine Koloraturarie von Mozart. Nach dem Vortrag wandte sich eine zierliche ältere Dame an die Sängerin: „Ihre Koloraturen sind wirklich unvergleichlich, aber sonst forcieren Sie das Tempo zu stark." Um ihrem Tadel die Schärfe zu nehmen, fügte sie hinzu: „Damit Sie nicht denken, daß ich Ihre Kunst geringschätze, will ich Ihnen sagen, ich bin Jenny Lind."

Boshaft antwortete die hochmütige Primadonna: „Oh, Sie sind also die berühmte schwedische Nachtigall, von der mein Urgroßvater immer geschwärmt hat!"

Ein Sänger der Hofoper in Hannover bemühte sich allzu offensichtlich um die Gunst des dortigen Herrscherhauses der Welfen. Das machten ihm viele Kollegen zum Vorwurf. Der Dirigent Hans von Bülow zeigte sich jedoch verständnisvoll und scherzte: „Man muß mit den Welfen heulen."

Eine alternde Sängerin, deren vorteilhaftes Aussehen nur noch der Kosmetik zu verdanken war, beklagte sich bei dem Dirigenten Hans von Bülow, daß sie ständig Ärger mit dem Direktor habe: „Sie können sich darauf verlassen, das nächste Mal werde ich ihm ungeschminkt die Wahrheit sagen!"

„Ungeschminkt?" fragte Bülow ungläubig. „Du lieber Gott, da wird der Herr Direktor aber einen Schreck bekommen!"

An das Hoftheater in Hannover wurde ein Fräulein von Hammerstein als Sängerin engagiert. Darauf erschien in der *Hannoverschen Zeitung* ein Hinweis, daß die neuengagierte Sängerin in keinerlei verwandtschaftlicher Beziehung zur dortigen freiherrlichen Familie von Hammerstein stehe. Einige Tage später rächte sich die Sängerin für diesen Standesdünkel und ließ in der gleichen Zeitung mitteilen, daß sie in Hannover keinerlei Verwandte ihres Namens habe und auch mit dem vor mehreren Jahren in Berlin wegen Meineids zu längerer Zuchthausstrafe verurteilten Freiherrn von Hammerstein nicht verwandt sei.

Johannes Brahms, der einmal gesagt haben soll: „Orden sind mir Wurscht, aber haben will ich sie", hielt dennoch nicht viel von Protektion und öffentlichen Ehrungen. Als ihn einmal ein junger Geiger um Protektion bei der Wiener Kritik bat, machte er sich einen Spaß daraus. Er schlug dem Geiger vor, mit ihm in ein bestimmtes Caféhaus zu gehen, wo der namhafte Musikkritiker Max Kalbeck verkehrte: „Er sitzt dort meist mit seiner Mutter, die großen Einfluß auf ihn hat. Ich mache euch bekannt. Während ich mit Kalbeck spreche, müssen Sie seiner Mutter von der Bedeutung ihres Sohnes vorschwärmen."

Das geschah dann auch. Der Geiger erfand immer neue Komplimente, um sich bei Kalbecks Mutter einzuschmeicheln. Da sich die Dame auffallend reserviert verhielt, strengte sich der Geiger immer mehr an, bis sie ihn energisch unterbrach: „Entschuldigen

Sie, mein Herr, aber ich weiß wirklich nicht, was Sie wollen. Ich bin nicht die Mutter von Max Kalbeck, sondern seine Frau."

Zu Gustav Mahler als Direktor der Wiener Hofoper kam eines Tages eine junge Dame und wollte ihm vorsingen. Um ihrem Engagementswunsch Nachdruck zu verleihen, überreichte sie das Empfehlungsschreiben eines Erzherzogs, das Mahler mit betonter Langsamkeit ungelesen zerriß. Mit ermunterndem Blick sagte er dann: „So, und nun singen Sie bitte!"

Als Gustav Mahler die Direktion der Wiener Hofoper niederlegte, ließ er alle Orden und Auszeichnungen, die er während seiner Amtszeit erhalten hatte, in der Schreibtischschublade zurück. Der Bürodiener glaubte, Mahler habe die Orden vergessen, und machte ihn darauf aufmerksam. Mahler winkte ab: „Für meinen Nachfolger!"

Ein zwar sehr ehrgeiziger, aber nicht übermäßig talentierter junger Sänger wollte auf einem Bankett die Gelegenheit benutzen, mit dem einflußreichen Wiener Hofoperndirektor Felix von Weingartner ins Gespräch zu kommen. Er eilte auf ihn zu und begrüßte ihn mit den Worten: „Ich möchte wetten, Herr Direktor, Sie haben noch nichts von mir gehört."

Weingartner musterte den Zudringlichen und sagte abweisend: „Sie haben die Wette gewonnen!"

Das Theater an der Wien suchte noch einige junge Damen für den Chor. Direktor Wilhelm Karczag prüfte die Bewerbungsfotos und bestellte eine Kandidatin für den nächsten Tag. Als die Dame eintrat, sah Karczag kurz auf und meinte dann: „Sie kommen leider viel zu spät!"

„Wieso?“ fragte die Bewerberin erstaunt. „Ich bin doch ganz pünktlich.“

„Sie hätten damals kommen müssen, als das hübsche Foto von Ihnen gemacht wurde!“

Eugen d'Albert konzertierte am Hof eines Fürsten, dessen Sparsamkeit allgemein bekannt war. Nach dem Konzert ließ der Fürst den Pianisten zu sich bitten und fragte, auf die Eitelkeit des Künstlers spekulierend: „Meister, was ist Ihnen lieber, das Großkreuz meines Hausordens oder tausend Mark?“

D'Albert durchschaute die Absicht und fragte, was denn die Anfertigung des Großkreuzes koste.

„Etwa hundertfünfzig Mark“, meinte der Fürst.

„Dann würde ich bitten, mir das Großkreuz zu verleihen und mir die restlichen achthunderfünfzig Mark auszahlen zu lassen.“

Dem Cellovirtuosen Heinrich Grünfeld wurde der preußische Rote Adlerorden verliehen, dessen Bedeutung etwas unter dem außerordentlich begehrten Schwarzen Adlerorden lag. Wochen später wurde Grünfeld nach einem Konzert von einem Freund gefragt, warum er seinen Roten Adlerorden nicht angelegt habe. Schlagfertig entgegnete der Künstler: „Ich lasse ihn zu Hause in der Schublade liegen, bis er schwarz wird.“

Eine hübsche junge Sängerin eilte nach erfolglosem Vorsingen an einem Stadttheater zu ihrem Gesangslehrer. Dieser tröstete sie: „Bei Ihrem Talent und Ihrem musikalischen Gehör ist es mir unbegreiflich, daß man Sie nicht engagiert hat.“

„Es lag einfach daran“, erklärte die junge Dame, „daß der Direktor kein Talent hatte und deshalb bei mir kein Gehör gefunden hat.“

Franz Schalk war zum Generalmusikdirektor der Wiener Staatsoper ernannt worden. Als ihm die Orchestermitglieder gratulierten und ihn dabei mit seinem neuen Titel anredeten, wehrte er ab und meinte: „Meine Herren, lassen S' doch bitte den General weg und am besten auch den Direktor, dann bleibt wenigstens die Musik übrig!"

Nach seinem Abschied von der Bühne begann der Operntenor Leo Slezak beim Film eine zweite Karriere als Charakterkomiker. Das Kinopublikum war von seinem gutmütigen Humor als dicker Tolpatsch begeistert. Einmal meinte ein Filmbesucher: „Köstlich, dieser Slezak! Und die Trottel vom Theater haben diesen komischen Dickwanst wer weiß wie lange Opern singen lassen!"

Die Mistinguett, einst weltberühmter Star des Pariser Revuetheaters, bekam als Fünfundsiebzigjährige noch ein Filmangebot. Der Produzent erklärte ihr, daß es in dem Film nur zwei weibliche Rollen gäbe, ein junges Mädchen und eine ältere Dame. Sofort erkundigte sich die Mistinguett: „Und wer, bitte, soll die ältere Dame spielen?"

Der Komponist und Dirigent Robert Stolz trat bei einem Konzert zu seinem neunzigsten Geburtstag in der Berliner Philharmonie noch selbst ans Pult. Auf dem anschließenden Empfang versicherte er dem Jahrzehnte jüngeren Regierenden Bürgermeister: „Wenn Sie Ihren neunzigsten Geburtstag feiern, dann werde ich es mir nicht nehmen lassen, speziell für Sie wieder in Berlin zu dirigieren."

Der französische Dirigent Pierre Monteux war noch als Greis auf seine künstlerische Vitalität und sein vorteilhaftes Aussehen sehr stolz. Wärend einer Orchesterprobe porträtierte ihn ein zeichnerisch begabter Musiker. Er überreichte dem Dirigenten das Porträt und bat um ein Autogramm. Monteux sah sich die Zeichnung kritisch an, fand sein Abbild viel zu alt und schrieb darunter: „Pierre Monteux in zehn Jahren!"

Der Pianist Wilhelm Backhaus begann seine Laufbahn in sehr jungen Jahren und gab noch als Achtzigjähriger Konzerte. Als er die Kritiken las, schüttelte er verwundert den Kopf und meinte: „Es ist wieder genauso wie am Anfang meiner Karriere. Schon damals schrieben die Zeitungen: Ganz erstaunlich für sein Alter."

Der greise Dirigent Karl Böhm äußerte einmal: „Jeder ist erstaunt darüber, daß ich in meinem Alter noch dirigiere. Aber wie ich morgens in die Hose komme, danach fragt kein Mensch."

Die Koloratursopranistin Erika Köth trat nach ihrem Abschied von der Bühne noch zuweilen im Fernsehen auf. Nach einer Sendung besuchte sie mit Kollegen ein Weinrestaurant. Da sich die Garderobe in einem unbeaufsichtigten kleinen Nebenraum befand, wollte sie ihren wertvollen Pelzmantel nicht ablegen: „Da sind nämlich Töne drin, die kann ich heute nicht mehr singen!"

Spiel schneller, die Bank macht zu ...

Musikmarkt und Musikgeschäft

Je mehr sich in unserem Jahrhundert die Musik kommerzialisiert und durch die Massenmedien Schallplatte, Rundfunk, Film und Fernsehen zur Ware und zum Showbusiness wird, um so größer wird der Zwang auch für jeden Künstler, Geschäftstüchtigkeit und ein werbewirksames Image zu entwickeln. Er muß nicht nur seine Arbeit „gut verkaufen", sondern auch seine Person wirkungsvoll zur Geltung bringen und über die notwendige Fähigkeit verfügen, sich im Konkurrenzkampf durchzusetzen. Dies gilt nicht nur für die Unterhaltungsmusik, denn der heutige Musikmarkt fordert von jedem den Einsatz aller Kräfte. In manchen Fällen konzentriert sich diese Konkurrenzsituation auf die Gegnerschaft zu einer bestimmten Person, die dann stellvertretend für all das bekämpft wird, was man beruflich und oft auch ganz persönlich und privat ablehnt.

Die modernen Massenmedien und Kommunikationsmittel erweitern die künstlerischen Wirkungsmöglichkeiten in einem Maße, wie das in früheren Jahrhunderten unvorstellbar war. Von Ort zu Ort, von Land zu Land zu eilen, ist heute für den Künstler kein Problem mehr. Das eröffnet ihm ein häufigeres Auftreten und beinahe gleichzeitiges Wirken in Live-Veranstaltungen und in Studioaufnahmen und Aufzeichnungen der verschiedensten Medien. So vergrößern sich seine Popularität und seine Einnahmen, zugleich verliert er aber auch die Ruhe zur inneren Sammlung und Reifung. Seine gesamte Persönlichkeit wird vom Publikum vereinnahmt.

Ein ruheloses, gehetztes Leben sowie vorzeitiger Verschleiß der Nerven und des Talents sind die Folgen. In den wenigen Jahren, die einem freischaffenden Künstler heute zur Verfügung stehen, bis das Interesse des Publikums sich wieder neuen Namen und Ereignissen zuwendet, muß er das verdienen, was früher Leistung und Werk eines ganzen Lebens war. Sich über Jahrzehnte an der Spitze halten zu können, ist unter diesen Umständen nur noch in sehr seltenen Ausnahmefällen möglich.

Da den meisten Künstlern das von ihnen geforderte Maß an Geschäftstüchtigkeit und Organisationstalent fehlt, hat der Beruf des einstigen Impresarios und heutigen Konzertagenten und Managers immer größere Bedeutung gewonnen. Ohne Agenturen und Manager kann ein erfolgreicher und international tätiger Künstler nicht mehr optimal wirksam sein. Sie sorgen für die nötigen Kontakte, für günstige Vertragsabschlüsse, für Terminkoordination und nicht zuletzt für die Publicity, ohne die auch in der Kunst keine Geschäfte mehr denkbar sind.

Franz Schubert, der wenig Geschick besaß, sich Protektion zu verschaffen und sich erfolgreich durchzusetzen, hatte große Schwierigkeiten, für seine Werke einen Verleger zu finden. Deshalb nahmen sich wiederholt Freunde seiner an. So schickten sie Schuberts Vertonung von Goethes *Erlkönig* an den Leipziger Verlag Breitkopf & Härtel. Da man dort nur einen Franz Schubert kannte, der in Dresden als Mitglied der Hofkapelle und Komponist von Kirchenmusik wirkte (Franz Anton Schubert, 1768–1824), wandte man sich an ihn um Auskunft, ob die Komposition von ihm stamme. Voller Empörung wies der Dresdner Namensvetter diese Vermutung zurück und versicherte, er werde zu erfahren versuchen, „wer dergleichen Machwerk übersandt hat", und alles unternehmen, „diesen Kerl, der Mißbrauch mit meinem Namen trieb, zu entdecken."

Der italienische Opernkomponist Gioacchino Rossini hatte eine Abneigung gegen Richard Wagner. So sagte er einmal über Wagners *Lohengrin*: „Diese Oper hat schöne Augenblicke, aber böse Viertelstunden." Als eines Morgens ein Schüler zum Unterricht kam, saß Rossini am Klavier und entstellte mit schrecklichen Mißtönen die Ouvertüre zu Wagners *Tannhäuser*. Verblüfft entdeckte der Schüler, daß die Noten des Klavierauszugs auf dem Kopf standen, und machte Rossini darauf aufmerksam.

„Ich weiß", ächzte Rossini, „ich habe es andersherum schon probiert, aber da klingt es auch nicht besser."

Freunde und Verehrer wollten Gioacchino Rossini schon zu Lebzeiten ein Denkmal setzen. Als Rossini erfuhr, welch riesige Summe dafür aufgebracht werden mußte, meinte er entsetzt: „Was für eine Verschwendung! Für so viel Geld bin ich gern bereit, mich selbst auf einen Sockel zu stellen!"

Albert Lortzing lebte in ständigen Geldnöten. Eines Tages suchte ihn ein Gläubiger auf und forderte sein Geld zurück: „Ich brauche die Summe unbedingt sofort, denn morgen muß ich selbst eine Schuld begleichen." Mit gespielter Entrüstung erwiderte Lortzing: „Das ist ja wirklich allerhand! Sie machen Schulden, und ich soll sie bezahlen!"

Eines Nachts wurde Albert Lortzing von Freunden, die auf der Straße nach ihm riefen, aus dem Schlaf gerissen. Als er ärgerlich zum Fenster lief, forderten sie ihn auf: „Komm rasch herunter, wir sollen jemand ein Ständchen bringen!"

„Laßt mich in Ruhe", wehrte Lortzing ab, „nicht für eine Mil lion gehe ich heute noch einmal aus dem Haus!"

„Es gibt pro Mann zwei Gulden", verrieten sie ihm.

„Was, zwei Gulden?" schrie Lortzing begeistert. „Ich komme gleich herunter!"

Franz Liszt hatte einige Freunde zu einem festlichen Essen eingeladen. Nach dem Mahl beklagte ein Gast, daß ein Mann wie Liszt, der so viele bedeutende Werke geschrieben habe, sich dazu bereitfinde, populäre Fantasien über italienische Opern zu schreiben. „Lieber Freund", entgegnete Liszt, „würde ich nicht auch so populäre Stücke schreiben, dann hätte ich euch kein solches Festessen vorsetzen können."

Giuseppe Verdi probte mit dem Orchester der Mailänder Scala. Der Posaunist setzte zu spät ein. Verdi unterbrach und tadelte den Musiker.

„Entschuldigen Sie meine Unaufmerksamkeit, Maestro, aber ich bin völlig überarbeitet", rechtfertigte sich der Posaunist.

„Wie ist das möglich?" fragte Verdi.

„Ich habe eine große Familie und muß hinzuverdienen. Deshalb gebe ich von zwölf bis drei Uhr Privatstunden, danach spiele ich bis sieben Uhr in einem Café, abends nach der Oper arbeite ich dann als Kellner und anschließend als Nachtportier in einem Hotel."

„Du lieber Gott", rief Verdi erstaunt, „wann schlafen Sie denn dann?"

„In der Probe von neun bis zwölf."

Der Komponist Hugo Wolf, der sich auch als Musikkritiker betätigte, ließ keine Gelegenheit vorübergehen, sich abfällig über die Werke von Johannes Brahms zu äußern. Aber einmal wurde er bei der Aufführung eines Orchesterwerkes von Johannes Brahms immer nervöser und rutschte so unruhig auf seinem Stuhl hin und her, daß sich sein Nachbar besorgt erkundigte, ob es ihm nicht gut ginge.

„Stellen Sie sich vor", stöhnte Wolf verwirrt, „mir gefällt es!"

Die großen Sinfoniker Brahms und Bruckner lebten so sehr in ihrer eigenen musikalischen Welt, daß sie wenig Verständnis füreinander aufbrachten. Da Brahms sich wiederholt abfällig über Bruckner äußerte, wurde Bruckner einmal nach seiner Meinung über diese Gegnerschaft gefragt. Seine Antwort lautete: „Er ist halt der Brahms, und ich bin der Bruckner – aber meine Sachen sind mir lieber."

Die französischen Komponisten Camille Saint-Saëns und Jules Massenet schätzten sich nicht sonderlich. Von einem Journalisten befragt, erklärte Saint-Saëns, daß Massenet ein äußerst liebenswerter Kollege, aber ein schlechter Komponist sei.

Von dem gleichen Journalisten um sein Urteil über Saint-Saëns gebeten, meinte Massenet: „Ein äußerst unsympathischer Mensch, aber zweifellos der bedeutendste französische Komponist."

Als der Journalist dann Massenet gestand, wie abfällig sich dagegen Saint-Saëns über ihn ausgesprochen habe, sagte Massenet lächelnd: „Ja wissen Sie denn nicht, daß wir beide immer das Gegenteil von dem sagen, was wir wirklich voneinander halten!"

Adelina Patti war eine der gefeiertsten Sängerinnen ihrer Zeit und verdiente traumhafte Summen. Als sie einmal für eine Tournee durch Nordamerika eine Gage von hunderttausend Dollar verlangte, war der Konzertagent entsetzt und hielt ihr entgegen, daß nicht einmal der Präsident der Vereinigten Staaten so viel Geld verdiene.

„Nun", erklärte die Primadonna hoheitsvoll, „warum lassen Sie dann nicht den Präsidenten singen?"

Die außerordentlich geschäftstüchtige Adelina Patti war für ein Fest im Pariser Palais einer Herzogin engagiert. Trotz ihres Geizes war die Herzogin bereit, der Patti für nur zwei Opernarien eine hohe Summe zu bezahlen. Wie überall in der Welt, so wurde die Sängerin auch hier überschwenglich gefeiert. Der Applaus wollte kein Ende nehmen. Schließlich meinte die Herzogin: „Wollen Sie nicht noch etwas zugeben?" „Nach Ihnen, Herzogin", lächelte die Sängerin, „nach Ihnen!"

Der Wiener Volksschauspieler und Sänger Alexander Girardi war für seine Schlagfertigkeit bekannt. Als ein Kollege fünf Gulden von ihm borgen wollte, sagte er: „Weißt was, san ma lieber gleich bös miteinander."

Als Gustav Mahler die Direktion der Wiener Hofoper übernahm, bestand das Orchester vorwiegend aus altgedienten Mitgliedern, die sich als Musikpädagogen, Kammermusiker und

Solisten zahlreiche Nebeneinnahmen verschafften. Sie setzten Mahlers Reformplänen und seiner Arbeitsintensität energischen Widerstand entgegen. Deshalb schickte er allzu renitente Musiker in Pension und ersetzte sie durch ehrgeizige junge Kräfte.

Als Mahler wieder einmal die Probenzeit weit überschritten hatte, beschwerte sich ein altgedienter Orchestermusiker, der eine Stelle zehnmal hatte wiederholen müssen: „Wo soll ich denn bei diesen langen Proben die Zeit für meine vielen Privatstunden hernehmen?"

Darauf meinte Mahler scheinbar verständnisvoll: „Beruhigen Sie sich, mein Lieber, Sie werden bald Zeit genug haben, Ihre pädagogischen Fähigkeiten voll zur Entfaltung zu bringen."

Enrico Caruso war einer der höchstbezahlten Sänger seiner Zeit, zugleich aber auch ein außerordentlich selbstkritischer und disziplinierter Künstler und ständig bemüht, mit seiner Leistung den hohen Gagen zu entsprechen. Einmal überreichte ihm der Direktor der New Yorker Metropolitan Opera einen Vertrag, bat den Sänger, das Honorar selbst einzusetzen, und erklärte dazu: „Leider kann ich Ihnen nicht soviel zahlen, wie Sie wert sind, aber ich möchte Ihnen wenigstens soviel geben, wie Sie fordern."

Caruso setzte eine Summe ein, aber der Direktor verdoppelte sogleich den Betrag.

„Nein, nein", wehrte Caruso ab, „das kann ich auf keinen Fall annehmen, ich wäre dann zu nervös beim Singen."

Der weltberühmte russische Bassist Fjodor Schaljapin geriet bald nach der Oktoberrevolution mit der kommunistischen Ideologie in Konflikt. So erklärte ihm einmal ein Parteifunktionär, daß es ungerecht sei, wenn ein Logenschließer des Opernhauses weniger verdiene als ein Sänger. Künftig solle jeder den gleichen Lohn erhalten.

„Einverstanden“, meinte Schaljapin ironisch, „aber dann möchte ich in Zukunft die Eintrittskarten kontrollieren, und der Logenschließer soll singen!“

Der Operntenor Leo Slezak stand mit der Budapester Oper in Verhandlung wegen eines Gastspiels. Telegrafisch erhielt er folgendes Gagenangebot: „Hundert – Stop – Tausend Grüße“. Slezak telegrafierte zurück: „Tausend – Stop – Hundert Grüße“.

Nach dem Tode von Enrico Caruso galten die Tenöre Giacomo Lauri-Volpi und Benjamino Gigli als legitime Nachfolger. An der Metropolitan Opera in New York erreichte ihr Konkurrenzkampf seinen Höhepunkt. Als der Vertrag mit Lauri-Volpi abgelaufen war, erklärte sich der Sänger zu einem neuen Vertragsabschluß nur bereit, wenn sein Gage höher wäre als die von Gigli. Um Gigli nicht zu brüskieren, erhöhte die Intendanz Lauri-Volpis Gage um die lächerliche Summe von zehn Cent pro Auftritt. Ebenso amüsiert wie triumphierend unterschrieb der Sänger den neuen Vertrag, denn damit war seine Eitelkeit befriedigt.

Der damals noch unbekannte junge Komponist Giacomo Puccini bat einen seinerzeit erfolgreichen Bühnenschriftsteller um ein Opernlibretto. Hochmütig antwortete ihm der Schriftsteller: „Ich bin nicht bereit, mit Ihnen zusammenzuarbeiten, denn man kann ein Pferd und einen Esel nicht vor den gleichen Wagen spannen.“

Schlagfertig schrieb Puccini zurück: „Ich habe dafür Verständnis, daß Sie für einen Neuling kein Libretto schreiben wollen, aber das gibt Ihnen noch lange nicht das Recht, mich ein Pferd zu nennen.“

Zur Uraufführung seiner Oper *Das Mädchen aus dem goldenen Westen* reiste Giacomo Puccini mit seinem Verleger Ricordi nach Amerika. Um den berühmten Komponisten der amerikanischen Geldaristokratie vorzustellen, arrangierte die Metropolitan Opera in New York einen Empfang. Als alles, was Rang und Namen hatte, versammelt war, verkündete Ricordi den verblüfften Millionären: „Meine Damen und Herren, wir sind nicht zum Feiern nach Amerika gekommen, sondern zum Arbeiten! Vielen Dank und auf Wiedersehen!"

Er nahm Puccinis Arm und zog den Komponisten aus dem Saal.

„Bist du verrückt geworden", fragte Puccini, „warum hast du diese einflußreichen Leute so vor den Kopf gestoßen?"

„Warum? Weil ich das dringende Bedürfnis hatte, eine Billion Dollar zu schockieren."

Giacomo Puccini und Arturo Toscanini, die sonst gut miteinander auskamen, hatten sich einmal gestritten. Gewohnheitsgemäß verschickte Puccini jedes Jahr den Panettone genannten italienischen Weihnachtskuchen nach einer Liste an Freunde und Bekannte. Zu spät bemerkte er, daß auch an Toscanini ein Päckchen abgeschickt worden war. Deshalb sandte Puccini ein Telegramm hinterher: „Panettone nur aus Versehen abgeschickt."

Toscanini telegrafierte zurück: „Panettone nur aus Versehen aufgegessen."

Die Komponisten Richard Strauss und Hans Pfitzner waren nicht gut aufeinander zu sprechen. Vor allem beneidete Pfitzner den erfolgreichen Kollegen um seine Popularität. So äußerte er einmal, daß Strauss nicht die geringste Vorstellung habe, wie er um jedes Werk ringen müsse. Allein seine Oper *Palestrina* habe ihn jahrelange Mühen gekostet.

Als Strauss davon erfuhr, sagte er: „Warum komponiert er dann, wenn es ihm so schwerfällt."

Richard Strauss dirigierte eine Aufführung seiner *Alpensinfonie*. Im Konzertsaal saß auch Hans Pfitzner. In der Naturschilderung dieses Werkes gibt es ein Violinsolo, das an das *Adagio* des Violinkonzertes von Max Bruch anklingt. Nach dem Konzert fragte Strauss den stets kritischen Pfitzner, was er denn diesmal auszusetzen habe.

„Gar nichts“, beteuerte Pfitzner, „es war eine eindrucksvolle bergsteigerische Leistung, aber vor dem Gipfel hätten Sie sich beinah einen Bruch geholt.“

Wie viele Musiker, so nutzte auch der Cellovirtuose Heinrich Grünfeld jede Gelegenheit, sich Nebeneinkünfte zu verschaffen. Nach einem Auftritt im Hause eines Wiener Bankiers bestürmte einer der Gäste den Virtuosen: „Es war hinreißend, verehrter Meister, Sie müssen unbedingt auf meiner Beerdigung spielen!“

„Mit dem größten Vergnügen!“ antwortete Grünfeld lächelnd. „Und was möchten Sie gern hören?“

Die Berliner Konzertagentin Luise Wolff wurde „Königin Luise“ genannt, weil sie gegenüber den Künstlern wie eine Herrscherin auftrat und ihre Geschäfte mit resoluter Geschicklichkeit abwickelte. Als sie sich anläßlich eines Musikfestivals in Venedig aufhielt, wurde der Cellist Heinrich Grünfeld von einem Kollegen nach ihrer derzeitigen Adresse gefragt. Schalkhaft gab er zur Antwort: „Schreiben Sie an Signora Luise Wolff, Canaille Grande, Venezia!“

Der Violinvirtuose Fritz Kreisler wurde in Chicago von der Gattin eines Großindustriellen gebeten, auf einer Party in ihrem Hause zu spielen. Kreisler forderte dafür ein Honorar von dreitausend Dollar. Die Dame war einverstanden und versicherte dem Künstler, daß sie seine Zeit nicht übermäßig beanspruchen wolle:

„Natürlich habe ich Verständnis dafür, wenn Sie sich anschließend nicht unter meine Gäste mischen."

Aufatmend meinte Kreisler mit äußerster Liebenswürdigkeit: „In diesem Falle, gnädige Frau, beträgt das Honorar nur zweitausend Dollar."

Im Theater an der Wien wurde für die Uraufführung einer neuen Operette geprobt. Da erschien der für seinen Geiz bekannte Direktor Wilhelm Karczag und sah zu seinem Schrecken fünfzig Statisten auf der Bühne. Sogleich fuhr er den Regisseur an: „Die kosten ja ein Vermögen! Die Statisten sind überflüssig!"

„Aber, Herr Direktor", verteidigte sich der Regisseur, „die Szene spielt doch in einem großen Hotel, wo viele Leute aus und ein gehen."

„So", meinte Karczag, dann wird eben in diesem Hotel schlecht gekocht. Das hat sich herumgesprochen, und deshalb bleiben die Gäste aus. Nur das Liebespaar kommt, denn das braucht nichts zu essen!"

Zu den erfolgreichsten Komponisten der späten Wiener Operette gehörte neben Franz Lehár auch Leo Fall. Als Lehár einmal gefragt wurde, ob er eine Konkurrenz besonders fürchte, antwortete er: „Ja, das ist der Fall."

Im Berliner Metropol-Theater wurde die Uraufführung von Franz Lehárs Singspiel *Friederike* vorbereitet. Für die Titelrolle hatte man die beliebte Schauspielerin Käthe Dorsch engagiert. Bei der Vertragsverhandlung erklärte sie begeistert: „Wie herrlich, von Richard Tauber angesungen zu werden und dafür auch noch Geld zu bekommen!" und verlangte im gleichen Atemzug tausend Mark pro Auftritt.

Der Pianist Artur Schnabel war auch als Pädagoge sehr begehrt. Einem jungen Amerikaner schien jedoch das geforderte Honorar von hundert Mark für die Stunde zu hoch. Verständnisvoll meinte Schnabel: „Ich kann Ihnen natürlich auch eine Stunde für zwanzig Mark geben. Aber, unter uns gesagt, das würde ich Ihnen nicht empfehlen."

Der geschäftstüchtige Artur Schnabel sollte bei einem Festival mit drei weiteren prominenten Solisten einen Zyklus mit Kammermusik von Johannes Brahms aufführen. Da man sich über die Verteilung der Gage nicht einigen konnte, machte Schnabel zur Verblüffung seiner Partner den Vorschlag: „Teilen wir doch die Gage in fünfunddreißig gleiche Teile."

„Warum denn fünfunddreißig?" riefen verwundert die anderen.

„Ganz einfach: Wir haben insgesamt dreizehn Stücke für Klavier und Streicher zu spielen, nämlich drei Trios, drei Quartette, drei Violin-, zwei Bratschen- und zwei Cellosonaten; das sind zusammen fünfunddreißig Instrumentalpartien. In allen dreizehn Stücken ist das Klavier beteiligt, also erhalte ich dreizehn Fünfunddreißigstel. Dem Geiger werden selbstverständlich die beiden Bratschen- und die beiden Cellosonaten abgezogen, so daß er neun Fünfunddreißigstel erhält. Der Bratsche stehen fünf und dem Cello acht Fünfunddreißigstel zu. Das wäre die gerechteste Lösung des Honorarproblems, wenn wir nicht die Anzahl der von jedem zu spielenden Noten zur Grundlage unserer Berechnung machen wollen."

Nach kurzer Sprachlosigkeit gab es dann ein allgemeines Gelächter, in das Artur Schnabel fröhlich einstimmte.

Während einer Europareise besuchte George Gershwin in Paris den Komponisten Maurice Ravel und fragte, ob er ihm Kompositionsunterricht erteilen würde. Die Antwort lautete: „Weshalb wollen Sie ein zweitrangiger Ravel werden, wenn Sie bereits ein erstrangiger Gershwin sind?"

Kurze Zeit später fragte Gershwin im Verlaufe einer angeregten Unterhaltung über die moderne Musik der damaligen Zeit auch den Komponisten Igor Strawinsky, ob er ihm Unterricht erteilen würde. Strawinsky überlegte eine Weile und erkundigte sich dann nach Gershwins Einkommen. Als er erfuhr, daß Gershwin weit über hunderttausend Dollar im Jahr verdiente, meinte er: „Unter diesen Umständen müßte ich eigentlich bei Ihnen Unterricht nehmen."

Der finnische Komponist Jean Sibelius hatte einen guten Freund zu einer Gesellschaft in seinem Hause eingeladen. Der Freund war erstaunt darüber, daß alle Gäste wohlhabende Geschäftsleute und keine Musiker waren. Sibelius erklärte lachend: „Über Musik kann man am besten mit Geldleuten sprechen. Musiker reden nur vom Geld."

Der ehrgeizige und geschäftstüchtige Vater des jungen russischen Geigers Mischa Elman fungierte als Manager und Finanzverwalter seines Sohnes. Nach einer Konzertmatinee in New York, als der Geiger gerade die dritte Zugabe spielte, flüsterte ihm der Vater, der seitlich der Bühne stand und immer wieder nervös auf seine Armbanduhr schaute, ungeduldig zu: „Mischa, spiel schneller, die Bank macht zu!"

Arnold Schönberg sollte für einen erfolgreichen Hollywood-Regisseur eine Filmmusik schreiben. Der Komponist erkundigte sich nach der Handlung des Films und erfuhr, daß es in dem geplanten Action-Film Naturkatastrophen, Feuersbrünste, Verbrecherjagden, Volksaufstände, Massenkarambolagen und zahlreiche tragische Unglücksfälle geben solle. Schönberg war fassungslos und fragte zum Schluß nur: „Wozu brauchen Sie für einen solchen Film auch noch Musik?“

Der Dirigent Hans Knappertsbusch besuchte ein Konzert unter der Leitung von Wilhelm Furtwängler. Danach fragte ihn ein Musiker, ob es ihm gefallen habe, und Knappertsbusch antwortete: „Leider gut.“

Der Geigenvirtuose Jascha Heifetz gab in New York ein Konzert. Unter den Zuhörern saßen auch zwei junge Nachwuchssolisten. Der eine strebte eine Karriere als Pianist, der andere als Geiger an. Als sich die Begeisterung des Publikums zu Ovationen steigerte, wurde der ehrgeizige Nachwuchsgeiger vor Bewunderung und Neid immer unruhiger und flüsterte seinem Nachbarn zu: „Furchtbar heiß hier!“

Dieser entgegnete schmunzelnd: „Nicht für Pianisten!“

Igor Strawinsky hatte für die Broadway-Revue *The Seven Lively Arts* eine Balletteinlage geschrieben. Der Produzent Billy Rose telegrafierte dem Komponisten: „Ihre Musik wird ein großer Erfolg. Die Sache könnte sensationell werden, wenn Sie mit geringfügigen Änderungen durch unseren bewährten Hauskomponisten einverstanden sind.“

Strawinsky telegrafierte zurück: „Ich bin mit dem großen Erfolg völlig zufrieden.“

Ein Manager offerierte einer New Yorker Konzertagentur die schon seit Jahrzehnten erfolgreiche französische Pianistin Monique Haas mit folgenden Worten: „Sie ist nicht nur eine hervorragende Pianistin, sondern sieht auch noch sehr gut aus, hat eine vornehme, damenhafte Erscheinung, trägt aufregende Pariser Kleider und benutzt ein betörendes Parfüm."

Nach dem Konzert einer jungen Geigenvirtuosin bat eine reiche Dame: „Verehrte Künstlerin, könnten Sie nicht einmal in meinem Hause spielen? Bei uns verkehren viele einflußreiche Leute, und das würde sicherlich für Sie sehr nützlich sein."

Zurückhaltend meinte die Geigerin, daß man sich gelegentlich über einen Termin und das Honorar verständigen könnte.

„Ach, Sie wollen für meine Einladung auch noch ein Honorar?" fragte die Dame erstaunt. „Ich hatte angenommen, daß Sie es in einem solchen besonderen Falle umsonst tun."

„Ich bedaure unendlich, Gnädigste", entgegnete charmant die Geigerin, „aber solch einen Unterschied mache ich nur in der Liebe!"

Die Sängerin Birgit Nilsson probte an der Wiener Staatsoper unter der Leitung von Herbert von Karajan für eine Wagner-Oper. Dabei riß ihre Halskette, und die Perlen rollten über die Bühne bis in den Orchestergraben. Karajan unterbrach die Probe, bückte sich nach einer Perle und gab sie der Sängerin mit den Worten zurück: „Diese kostbaren Perlen haben Sie gewiß von Ihrer letzten Gage an der ‚Met' gekauft." Birgit Nilsson antwortete laut lachend: „Nein, von meiner Gage an der Wiener Staatsoper, denn es sind keine echten Perlen, sondern Imitationen."

Für ein Operngastspiel war ein ausländischer Tenor angekündigt, von dem die Presse berichtete, daß er sich gegen den Verlust seiner Stimme mit einer halben Million habe versichern lassen. In der Pause meinte ein Opernbesucher: „Jetzt interessiert mich nur noch, was dieser Mann mit dem vielen Geld gemacht hat."

Ein renommierter europäischer Dirigent war zu einem Gastspiel nach Amerika gereist. Dem amerikanischen Werberummel und den modernen Geschäftsmethoden abgeneigt, lehnte er es ab, für sich Publicity zu machen und Reporter zu empfangen. Ein besonders zudringlicher Journalist beteuerte, daß er ihn bestimmt nicht länger als zwei Minuten aufhalten würde. Um ihn loszuwerden, forderte der Dirigent zweihundertfünfzig Dollar pro Minute. Der Journalist war damit einverstanden und wurde empfangen. Er überreichte dem Künstler fünfhundert Dollar und erklärte triumphierend: „Ich habe eine Wette über tausend Dollar abgeschlossen, daß Sie mich empfangen werden. Und so haben wir beide ein gutes Geschäft gemacht."

Zu der beliebten Fernsehreihe der „Montagsmaler" waren einmal die Witwen verschiedener namhafter Unterhaltungskomponisten eingeladen. Darunter befand sich auch Vera Kálmán, deren verstorbener Mann sein Vermögen nicht nur mit erfolgreichen Operetten, sondern auch durch gewinnträchtige Börsenspekulationen erworben hatte. Als Vera Kálmán im Verlaufe der Sendung einen Violinschlüssel zeichnen sollte, mißlangen alle ihre Versuche. So sehr sie sich auch bemühte, es kam immer wieder statt des Notenschlüssels das Währungszeichen für den Dollar heraus.

Dirigentenkollegen unterhielten sich darüber, daß kurz nacheinander viele große Dirigenten gestorben waren. Darauf gab einer zu bedenken: „Sehr bedauerlich, aber nicht schlecht für uns Überlebende."

Was ist eine sozialistische Flötensonate . . .

Klischee und Wirklichkeit

Wie sich aus der historischen Entwicklung die Vorstellung gebildet hat, daß der Musiker wie jeder andere Künstler entweder sehr viel Geld verdient oder ein Hungerleben führt, so gibt es auch über seinen Charakter und seine Verhaltensweisen viele Klischees, die zwar oft das äußere Erscheinungsbild zutreffend umreißen, aber selten das Wesen erfassen. Da das Verständnis für die inneren Vorgänge des Schaffensprozesses fehlt, werden die Äußerlichkeiten falsch interpretiert. Das spezifische Verhalten des Künstlers resultiert aus intensiver geistig-seelischer Anspannung und starker Sensibilität. Diese psychische Beschaffenheit ist Grundlage der künstlerischen Kreativität, hebt sich aber von der gesellschaftlichen Norm beträchtlich ab und wird daher als unkonventionell, egozentrisch und exaltiert empfunden. So gilt auch der Musiker oft als weltfremd, unpraktisch und zerstreut. Diese scheinbare Realitätsferne und Zerstreutheit sind jedoch in Wirklichkeit Ausdruck seiner Konzentration auf das für ihn Wesentliche: seine künstlerische Arbeit. Das hindert ihn jedoch nicht daran, auf seine Weise sinnvoll und praktisch zu handeln, die Umwelt aufmerksam und kritisch wahrzunehmen und in entscheidenden Situationen gesunden Menschenverstand, Realitätssinn, Charakterfestigkeit und persönlichen Mut zu beweisen.

Jean Baptiste Lully, Hofkomponist des Königs von Frankreich, war mit einer eiligen Auftragskomposition beschäftigt und ließ sich dabei auch nicht von den anwesenden Hofleuten stören. Da brach ein starkes Gewitter aus, Blitze zuckten, und bei jedem Donnerschlag bekreuzigten sich alle. Lully sah bei dem Unwetter nur einmal kurz von seiner Arbeit auf und sagte: „Machen Sie doch bitte auch für mich einige Kreuze mit, denn Sie sehen ja, ich habe alle Hände voll zu tun."

Der französische Komponist Jean-Philippe Rameau lag im Sterben. Ein Priester kam, um ihm die Letzte Ölung zu spenden. Als der Priester einen Psalm anstimmte, schlug Rameau die Augen auf und hauchte vorwurfsvoll: „Wie kann man nur so falsch singen!"

Johann Sebastian Bachs erste Frau war gestorben. Er betäubte seinen Schmerz mit Arbeit, zog sich in sein Zimmer zurück und war für niemand zu sprechen. Da klopfte es, und man forderte von ihm Geld für das Begräbnis. Daran gewöhnt, daß alle Dinge der Hauswirtschaft von seiner Frau erledigt wurden, antwortete Bach gedankenverloren: „Wenden Sie sich an meine Frau!"

Ludwig van Beethoven, der ständig auf sein musikalisches Schaffen konzentriert war, betrat einmal ein Wiener Gasthaus, in dem er häufig zu speisen pflegte. Er setzte sich, klopfte auf den Tisch und rief nach dem Kellner. Ohne dessen Kommen abzuwarten, zog er Notenpapier aus der Tasche und begann zu schreiben. Schließlich kam der Kellner, sah jedoch, daß der ihm gut bekannte Gast in seine Arbeit vertieft war, und entfernte sich wieder, ohne den Komponisten zu stören. Nach weit über einer Stunde sah Beethoven von seinen Noten auf und rief: „Zahlen!"

Beethovens Versunkenheit in sein Schaffen soll so weit gegangen sein, daß er oft überhaupt nicht mehr wahrnahm, was um ihn herum geschah. Ein Bekannter traf ihn einmal auf der Kärntner Straße in Wien und war erstaunt über die elegante Kleidung des Komponisten, der sonst sein Äußeres vernachlässigte. Bald darauf stellte sich heraus, daß Freunde sich des Komponisten annahmen, wenn er wieder einmal gar zu verwildert aussah. Sie nahmen ihm dann am Abend die alten Kleider weg und legten ihm dafür neue hin. Am Morgen zog Beethoven die neue Kleidung an, ohne den Unterschied auch nur zu bemerken.

Der französische Opernkomponist François Auber war sehr kurzsichtig und hatte die Angewohnheit, seine Umwelt völlig zu vergessen, wenn er auf dem Klavier improvisierte. Während einer Abendgesellschaft wurde der Komponist zu später Stunde noch gebeten, den Gästen etwas vorzutragen. Er spielte und spielte. Nach zwei Stunden entfernten sich leise die übermüdeten Gäste. Schließlich zog sich auch die Frau des Hauses zurück, und der völlig erschöpfte Gastgeber schlief in einem Sessel ein. Erst als der Morgen graute, erhob sich Auber, verbeugte sich formvollendet vor dem schlafenden Gastgeber und den leeren Stühlen und verließ geistesabwesend das Haus.

Franz Schubert suchte eines Morgens in seinem Kleiderschrank ein Paar frische Socken. Aber alle, die ihm in die Hände fielen, hatten Löcher. Halb verärgert, halb scherzhaft brummte er: „Anscheinend werden heute keine ganzen Socken mehr gestrickt!"

Der Komponist, Sänger und Schauspieler Albert Lortzing wurde einmal in Leipzig von der Zensurbehörde, die von Geheimrat Demuth geleitet wurde, zu einem Tag Haft verurteilt. Trotz mehrerer Verwarnungen hatte Lortzing es nicht aufgegeben, auf der Bühne Anspielungen auf aktuelle politische Mißstände zu machen. In der ersten Vorstellung nach seiner Haft wurde er vom Publikum jubelnd empfangen. Er trat an die Rampe und sagte mit einem Seitenblick auf den anwesenden Zensor: „Verehrtes Publikum, ich würde jetzt gern einige Worte zur Begrüßung sagen, aber Demuth verbietet es mir."

Franz Liszt, der es sich als weltberühmter Virtuose leisten konnte, sich selbst von Königen und Kaisern nicht einschüchtern zu lassen, gab ein Konzert in der Wiener Hofburg. Natürlich hatte der Polizeichef sorgfältige Erkundigungen eingezogen, ob man es wagen könnte, den in Ungarn geborenen Künstler dem Kaiser zu präsentieren, denn seit den Unabhängigkeitskämpfen von 1848/49 mißtraute man in Österreich jedem Ungarn. Am Ende seines Konzertes um eine Zugabe gebeten, spielte Franz Liszt den Rákóczy-Marsch, die in Österreich verbotene Freiheitshymne der Ungarn. Die anwesenden Hofleute erbleichten über diese Kühnheit. Der Kaiser jedoch erwies sich als echter Souverän. Er applaudierte, bat um eine Wiederholung des Marsches und meinte dazu: „Wissen Sie, verehrter Meister, ich habe sonst keine Gelegenheit, diesen prächtigen Marsch zu hören."

Ein Verehrer besuchte Anton Bruckner. Die Haushälterin empfing den Gast mit der Bemerkung, daß der Meister heute sehr ungehalten sei, weil ihm die vom Schneider gelieferte neue Hose nicht passe. Tatsächlich stand Bruckner in Hemdsärmeln mitten im Zimmer und wies verzweifelt auf seine neue Hose: „Das rechte Hosenbein ist viel zu lang und das linke viel zu kurz!"

Schnell konnte der Gast den Meister beruhigen, indem er die unterschiedlich eingestellten Schnallen der Hosenträger korrigierte. Sogleich paßte die Hose, und überglücklich umarmte Bruckner den Retter aus der Not.

Anton Bruckner hatte mit seiner Wirtschafterin ständig Streit. Vor allem ärgerte es ihn, daß sie die Speisen zu wenig würzte. Einmal brachte sie ihm ein weichgekochtes Ei. Bruckner schlug das Ei auf, kostete skeptisch und klagte vorwurfsvoll: „Hab' ich mir's doch gleich gedacht – schon wieder nicht gesalzen!"

An der Wiener Staatsoper wurde ein Probe unterbrochen, weil der Regisseur einige technische Probleme zu klären hatte. Währenddessen wartete Gustav Mahler ungeduldig am Dirigentenpult auf die Fortsetzung der Probe. Nach einiger Zeit verlor er sich in seinen Gedanken und überhörte dabei die Aufforderung, weiterzudirigieren. Die plötzlich eingetretene Stille ließ ihn dann aufschrecken. Verwirrt blickte er um sich, klopfte aufs Pult und rief: „Ober, bitte die Rechnung!"

Unter der Direktion von Gustav Mahler wurde eine junge, aber nicht sonderlich begabte Sängerin, vom österreichischen Kaiser protegiert, an die Wiener Hofoper empfohlen. Mahler lehnte es trotzdem ab, die Sängerin zu engagieren. Durch einen Mittelsmann ließ der Kaiser seinem Wunsch Nachdruck verleihen.

„Also gut", sagte Mahler, „ich werde sie engagieren, aber auf die Bühne lasse ich sie nicht."

Darauf erklärte der Abgesandte des Kaisers: „Aber gerade an den Bühnenauftritten dieser Sängerin ist Seine Majestät persönlich interessiert."

„Nun, dann werde ich jedesmal auf dem Programmzettel drucken lassen: Auf Allerhöchsten Befehl des Kaisers."

Danach verzichtete der Kaiser auf jede weitere Protektion.

Franz Lehár, dessen Haus viele Freunde und Verehrer aufsuchten, wurde ein Gast gemeldet. Der weltgewandte und liebenswürdige Hausherr ging mit ausgebreiteten Armen auf den Besucher zu und begrüßte ihn herzlich: „Lieber Freund, wie freue ich mich, Sie wiederzusehen!"

Der Besucher stammelte verlegen: „Verehrter Meister, ich hatte doch noch gar nicht ..."

Lehár ließ ihn nicht ausreden und erkundigte sich: „Wie ist es Ihnen inzwischen ergangen, mein Lieber? Sie haben lange nichts von sich hören lassen! Kommen Sie doch herein! Es ist schon ein Bekannter da, ich werde Sie vorstellen!"

Er nahm den Besucher am Arm, blieb dann plötzlich stehen, überlegte einen Augenblick und fragte: „Sagen Sie, lieber Freund, kennen wir uns überhaupt? Wer sind Sie denn eigentlich?"

Eine Kommission aus Dresden hatte ihren Besuch am Leipziger Konservatorium angekündigt, um dort die Lehrkräfte zu prüfen. Max Reger, der damals am Leipziger Konservatorium unterrichtete, ließ der Kommission mitteilen, sie möge nur kommen. Es wäre ihm ein Vergnügen, und er sei gern bereit, die Herren zu prüfen.

Der für seinen übermütigen Humor bekannte Operntenor Leo Slezak wollte mit seiner Familie an die See fahren. Kurz vor der Abfahrt des Zuges zählte er am Bahnhof noch einmal die vielen Gepäckstücke und meinte dann zu seiner Frau: „Wir haben vergessen, den Schreibtisch mitzunehmen!"

Verwirrt sah sie ihn an.

„Weißt du", sagte er, „ich habe nämlich unsere Fahrkarten darauf liegenlassen."

Während des ersten Weltkrieges forderte die englische Presse immer wieder von dem Dirigenten Sir Thomas Beecham, er solle die Musik deutscher Komponisten, insbesondere die Werke Richard Wagners, von seinem Programm streichen. Daraufhin erklärte der Dirigent: „In der Londoner National Gallery hängen wundervolle Gemälde deutscher Meister. Wenn diese Bilder öffentlich auf dem Trafalgar Square verbrannt werden, höre ich sofort auf, die Musik deutscher Komponisten zu spielen."

Im Jahre 1933 spottete die beliebte Berliner Volkssängerin und Kabarettistin Claire Waldoff über den korpulenten und eitlen nationalsozialistischen Ministerpräsidenten Hermann Göring, der sich gern in mit Orden behängten Gala-Uniformen präsentierte: „Links Lametta, rechts Lametta, und der Bauch wird immer fetta" und „Kauft Hering', kauft Hering', sind genauso fett wie Hermann Göring!" Daraufhin wurde sie verhaftet.

Als sie vier Wochen später erneut die Bühne betrat, imitierte sie wieder eine Berliner Fischverkäuferin und grölte: „Kauft Hering', kauft Hering', sind genauso fett wie vor vier Wochen!"

Ein nach Amerika ausgewanderter deutscher Konzertmanager nahm sich in den dreißiger Jahren besonders der aus Deutschland emigrierten jüdischen Komponisten, Instrumentalisten und Sänger an. Hoffnungsvoll suchte ihn ein gerade in New York angekommener Musiker auf und wurde vom Hausmädchen in das Büro des Managers geführt. Zu seinem Schrecken sah der Emigrant über dem Schreibtisch ein riesiges Hitler-Bild hängen. Schockiert fragte er den Hausherrn, was das zu bedeuten habe.

Der Manager klopfte ihm beruhigend auf die Schulter und meinte: „Das, guter Freund, ist nur gegen das Heimweh ..."

Zur Zeit des Nationalsozialismus mußten auch die Künstler einen sogenannten Arier-Nachweis erbringen, der von jedem Verdacht jüdischer Abstammung befreite. Ein Mitglied der Berliner Philharmoniker, dessen Vorfahren mecklenburgische Bauern waren, nutzte seine ererbte Bauernschläue, sich aus der Affäre zu ziehen und zugleich über diese Verordnung lustig zu machen. Er schrieb an die Gemeinde seines Heimatdorfes: „Wegen allgemeiner Umwälzung benötige ich den Nachweis meiner Geburt und meiner agrarischen Herkunft. Ich bitte um Beglaubigung sowie um Übersendung meiner Großmutter, die sich im dortigen Kirchenbuch befinden muß."

Einige Zeit nach dem Einmarsch der nationalsozialistischen deutschen Truppen in Österreich meldete sich ein Mitarbeiter des Berliner Reichsluftfahrtministeriums an der Wiener Staatsoper zum Vorsingen. Er berief sich auf eine Empfehlung des Reichsmarschalls Hermann Göring. Beim Vorsingen begleitete ihn ein Korrepetitor der Wiener Staatsoper, ein kleiner und schmächtiger, weltfremder Musiker. Dem Prüfungsgremium gehörte auch der Dirigent Hans Knappertsbusch an, der nach dem nicht sehr überzeugenden Vorsingen meinte: „Nun sollten wir unbedingt dem Minister Göring unseren Korrepetitor als Fliegergeneral empfehlen."

Der Komponist Hanns Eisler war Mitglied der Ostberliner Akademie der Künste. Dort wurde einmal stundenlang über den sozialistischen Realismus in der Musik diskutiert. Eisler verfolgte immer unwilliger die ideologische Debatte, bis er schließlich die Geduld verlor und sich zu Wort meldete: „Alles schön und gut, verehrte Kollegen! Sehr interessant, was Sie da alles sagen. Aber nun erklären Sie mir bitte, was ist eine sozialistische Flötensonate?"

Der nach seiner Rückkehr aus der Emigration in Ostberlin wirkende Komponist Paul Dessau wurde von Zeitungsredakteuren häufig gebeten, zu aktuellen politischen Ereignissen Stellung zu nehmen. Einmal störte ihn der Telefonanruf eines Redakteurs mitten in der Arbeit. Man wollte Dessaus Meinung über die neuesten Beschlüsse der Volkskammer wissen. Der Redakteur redete und redete, und Dessau wurde immer einsilbiger. Dann trat Stille ein. „Hallo, hören Sie mich noch?“ fragte der zudringliche Journalist.

Gereizt brüllte Dessau ins Telefon: „Ich bin doch nicht Beethoven!“

Ein Musiklehrer erteilte Unterricht. Da klingelte es an der Wohnungstür, und jemand fragte: „Wohnt hier der Malermeister Gebhardt?“

„Nein“, antwortete der in seinem Unterricht gestörte Musiklehrer geistesabwesend, „eine Oktave höher!“

Ich bin die Großherzogin von Gerolstein ...

Individuelle Eigenheiten und Schwächen

Über die Charktereigenschaften des Künstlers, insbesondere des Musikers, gibt es zahlreiche Klischeevorstellungen, die alle durchaus reale Grundlagen haben, aber letztlich doch nur grobe Verallgemeinerungen sind. So spricht man beispielsweise vom weltfremden, unpraktischen, zerstreuten, abergläubischen, verschwenderischen, egozentrischen und geltungssüchtigen Künstler, doch das alles sind Charaktereigenschaften, die sich auch bei anderen Menschen finden. Individuelle Eigenheiten, menschliche Vorzüge und Schwächen sind in allen Gesellschaftsschichten und Berufsgruppen anzutreffen. Da jedoch der Künstler mit seinem betonten Individualismus auf Grund seiner Sensibilität intensiver empfindet und sich unkonventioneller verhält, sind seine Eigenheiten ausgeprägter und auffälliger. Weil außerdem der sich produzierende Sänger und Musiker stärker im Blickpunkt der Öffentlichkeit steht, wird sein Verhalten aufmerksamer und kritischer beachtet. Auch wenn seine Eigenheiten mitunter skurrile Züge annehmen, entsteht daraus kein Spannungsverhältnis zwischen ihm und der Gesellschaft, vielmehr wird der Künstler gerade durch seine Marotten und Schwächen der Allgemeinheit menschlich nähergebracht. Obwohl das Verständnis für übersteigerte Lebensformen weitgehend fehlt, beeinträchtigt das nicht die Achtung vor dem Künstler und seiner Leistung. Bei Prominenten spricht man von Star-Allüren, bei weniger Erfolgreichen von Eitelkeit oder einem Künstlertick. Man lächelt darüber, aber es wird toleriert.

Nicht zuletzt formt bekanntlich auch die Umwelt den Charakter, wird die Individualität vom Gruppenverhalten geprägt. Die Umwelt, in der sich Musiker vor allem bewegen, sind das Theater, der Konzertsaal und das Showbusiness. So wird für sie, teils bewußt und beabsichtigt, teils unbewußt, die ganze Welt zur

Bühne und zur Show, und die Mitmenschen werden zum Publikum, vor dem sie sich als unkonventionelle Individualisten produzieren.

Joseph Haydn war ein tief gläubiger Mensch. Jede größere Komposition begann er mit den Worten *In nomine Domini* (Im Namen des Herrn) und beschloß sie mit *Soli Deo gloria* (Gott allein die Ehre).

Der Fremdenführer der Haydn-Gedenkstätte in Eisenstadt erzählte einer Touristengruppe von Haydns Gläubigkeit und meinte mit unfreiwilliger Komik: „Wenn Haydn eines seiner großen Werke vollendet hatte, sagte er immer: ‚Gott sei Dank!'"

Der Schauspieler, Sänger und Theaterunternehmer Emanuel Schikaneder hatte das Textbuch zu Mozarts Oper *Die Zauberflöte* verfaßt. Jedesmal wenn von dieser Oper die Rede war, meinte dann später der eitle Schikaneder in maßloser Selbstüberschätzung: „Wahrhaftig, die *Zauberflöte* ist ein bedeutendes Werk. Aber der Erfolg meines Stückes könnte noch viel größer sein, wenn Mozart nicht so viel daran verdorben hätte!"

Der mit Goethe befreundete Komponist Carl Friedrich Zelter war auf musikalischem Gebiet eine Berliner Autorität. Mit zunehmendem Alter wuchs sein Ansehen, aber auch seine Eitelkeit. In einer Buchhandlung entdeckte er ein soeben erschienenes Konversationslexikon, in dem er sofort nach seinem Namen suchte. Befriedigt fand er das Stichwort „Zelter", jedoch dazu die Erklärung: „Im Mittelalter die Bezeichnung für ein Roß".

Sagt man Musikern oft Verschwendung und Leichtsinn nach, so findet man bei ihnen ebensooft Sparsamkeit und Geiz. Auch der weltberühmte italienische Geiger Niccolò Paganini war als Geizhals bekannt. Als er erfuhr, daß eine sehr hübsche und begabte Sängerin in ihn verliebt sei und ihn heiraten wolle, empörte er sich: „Heiraten? Das könnte ihr so passen! Damit sie mich umsonst geigen hören kann!"

Robert Schumann war sehr wortkarg, während Richard Wagner Geselligkeit und Unterhaltung liebte. Deshalb sagte Schumann über Wagner: „Er ist gewiß ein großer Musiker und ein geistreicher Mann, aber er redet ununterbrochen. Er ist unerträglich, denn man kann doch nicht immerzu reden."

Dagegen urteilte Wagner über Robert Schumann: „Mit ihm kann man nicht verkehren. Er ist zweifellos ein hochbegabter Musiker und ein kluger Mann, aber er redet kein Wort. Als ich aus Paris kam, besuchte ich ihn, erzählte ihm von meinen Erlebnissen und den Pariser Verhältnissen, aber er blieb stumm. Er ist unerträglich, denn man kann doch nicht immerzu schweigen."

Zu dem Leipziger Freundeskreis um Robert Schumann gehörte auch Henriette Voigt. Mit ihr unternahm er einmal eine Kahnpartie. Die ganze Zeit saßen sie im Boot, ohne ein Wort miteinander zu reden. Als sie sich verabschiedeten, drückte Schumann seiner Begleiterin die Hand und sagte: „Heute haben wir uns besonders gut verstanden."

Robert Schumann traf sich mit einem Freund in einem Leipziger Weinlokal. Sie schüttelten sich erfreut die Hände und saßen sich dann lange Zeit stumm gegenüber. Schließlich unternahm der Freund einige Versuche, eine Unterhaltung in Gang zu bringen, aber Schumann schwieg beharrlich. Beim Abschied sagte der Freund: „Ich freue mich schon auf ein Wiedersehen, da können wir uns wieder so schön miteinander ausschweigen."

Über den weltmännisch eleganten Pianisten und Dirigenten Hans von Bülow wird erzählt, daß er zu extravaganten Star-Allüren neigte. Als er einmal Beethovens dritte Sinfonie, die *Eroica*, dirigierte, tauschte er nach dem ersten Satz demonstrativ seine weißen Handschuhe gegen schwarze aus, um damit den feierlichen Trauermarsch des zweiten Satzes auch optisch gebührend zu akzentuieren.

Hans von Bülow würzte seine ausgesuchte Höflichkeit gern mit bitterem Sarkasmus. Als er einmal in Berlin kurz vor einem Konzert eilig die Treppe hinaufhastete, stieß er mit einem älteren Herrn zusammen.

„Esel!“ schrie der Mann.

Verbindlich lächelnd lüftete Bülow seinen Hut und erwiderte mit einer angedeuteten Verbeugung: „Bülow.“

Johannes Brahms konnte oft bei geringstem Anlaß so in Zorn geraten, daß seine Schimpftiraden kein Ende fanden. Als er sich wieder einmal auf einer Gesellschaft über alles und jeden aufregte, erhob sich einer der Gäste, nahm sein Glas und sprach: „Ich trinke auf den größten Schimpfoniker unserer Zeit!“

Bei einem musikalischen Disput im geselligen Kreis beschimpfte Johannes Brahms einen nach dem andern. Wütend nahm er schließlich Hut und Mantel und ging. An der Tür drehte er sich noch einmal um und rief: „Wenn ich jemand zu beschimpfen vergessen habe, dann bitte ich im Entschuldigung!“

Charles Mayer war ein in den vornehmen Wiener Salons des neunzehnten Jahrhunderts sehr gefeierter Klaviervirtuose. Einmal wurde er in die Wiener Hofburg gebeten, um vor dem Kaiser zu spielen. Nach dem Konzert ging der alte Kaiser Ferdinand I. auf den Pianisten zu und sagte freundlich: „Ausgezeichnet, mein lieber Mayer! Ich habe ja in meiner Jugend schon den Hummel gehört …“

Mayer verbeugte sich.

„Und dann hab' ich später den Thalberg gehört ...“

Mayer verbeugte sich abermals.

„Und dann hab' ich sogar Franz Liszt gehört ...“

Mayer verbeugte sich noch tiefer.

„Aber so wie Sie, mein lieber Mayer, so wie Sie ...“

„Majestät sind zu gütig!“ stammelte stolzgeschwellt der Künstler.

„Aber so wie Sie hab' ich noch keinen schwitzen gesehn!“

Der Komponist Karl Goldmark fuhr nach einer umjubelten Wiener Aufführung seiner Erfolgsoper *Die Königin von Saba* mit dem Nachtzug nach Budapest. Im Abteil saß eine junge Dame, die in die Lektüre eines Buches vertieft war. Berauscht von seinem Erfolg, hatte der eitle Komponist das Bedürfnis, sich noch mit jemand zu unterhalten, und wandte sich deshalb an die junge Dame: „Gestatten Sie, daß ich mich vorstelle. Ich bin Karl Goldmark, der Komponist der *Königin von Saba*.“

Die Dame sah von ihrer Lektüre auf und entgegnete höflich lächelnd: „Sehr angenehm, ich bin die Vorleserin der Erzherzogin Stephanie.“

Hortense Schneider, die gefeierte extravagante Pariser Operettendiva der Offenbachzeit, war in der Wahl ihrer Bühnenkostüme äußerst anspruchsvoll. So forderte sie für ein neues Kleid kardinalfarbene Seide. Der Theaterdirektor notierte devot die Forderung der Diva. Ergänzend fügte sie hinzu: „Kardinalfarben, aber in einem ganz bestimmten Ton!“

Beflissen erwiderte der Direktor: „Ein ganz bestimmter Ton, natürlich! Aber welcher?

„Selbstverständlich bordeauxweinrot!“

„Und welchen Jahrgang, Gnädigste?“ stöhnte der Direktor.

Bei der Probe zu einer neuen Offenbach-Operette entdeckte Hortense Schneider, daß eine bildhübsche junge Kollegin einen Veilchenstrauß an ihrem Kleid trug, der ihr außerordentlich gut stand. Sie witterte Konkurrenz und reagierte heftig: „Die Blumen müssen weg, sonst kann ich nicht weiterspielen! Ich kann Veilchenduft nicht ertragen!"

Gehorsam entfernte das Mädchen den Veilchenstrauß und übergab ihn dem Bühnenmeister. Es raschelte leise, denn die Veilchen waren aus Papier.

Eine der sensationellen Attraktionen während der Pariser Weltausstellung von 1867 war die neue Offenbach-Operette *Die Großherzogin von Gerolstein*. Hortense Schneider brillierte in der Titelpartie. Die zur Weltausstellung in Paris versammelten Vertreter der Hocharistokratie, fürstliche Souveräne, Staatsmänner und Prominente aus aller Welt huldigten der Diva. Als einmal ihre Kutsche an der Porte Rapp, dem nur regierenden Fürstlichkeiten vorbehaltenen Prunktor der Weltausstellung, angehalten und eine Legitimation verlangt wurde, rief Hortense Schneider hoheitsvoll: „Ich bin die Großherzogin von Gerolstein!"

Ehrfürchtig salutierte die Wache und ließ die vermeintliche Fürstin passieren.

Das Promenadenorchester in einem vornehmen russischen Seebad wurde von einem Dirigenten geleitet, der sich dem Publikum in einer auffallend bunten Weste präsentierte. Diese Marotte amüsierte besonders einen Cellisten des Orchesters. Nach Jahren spielte dieser Cellist unter dem gleichen Dirigenten an der Budapester Oper. Wieder fiel der Dirigent durch seine Weste auf. Nach der ersten Probe, in der er weitschweifig das zur Aufführung bestimmte Werk erläutert hatte, schloß er seine Ausführungen mit den Worten: „Hat noch jemand eine Frage?"

Darauf meldete sich der Cellist und erkundigte sich mit gespielter Wißbegierde: „Ist das eigentlich noch immer dieselbe Weste wie damals in Rußland?“

Der wortkarge Antonín Dvořák fuhr mit einem Freund von Prag nach Wien. In Böhmen kamen sie an einigen Seen vorbei, wo es von Mücken wimmelte. Der Freund stöhnte: „Diese Mückenplage!“

Danach schwiegen sie beide bis Wien. Dort lasen sie dann in einem Caféhaus die Zeitungen. Plötzlich legte Dvořák seine Zeitung für einen Moment zur Seite, nahm die viele Stunden zuvor geäußerte Bemerkung seines Freundes auf und antwortete: „Das kommt bestimmt von den vielen Seen.“

Der Dirigent Hans Richter probte in London Beethovens *Fidelio*. Die Titelpartie sang eine damals gefeierte Primadonna. In ihrer großen Arie hielt sie einen besonders gut gelungenen hohen Ton ungewöhnlich lange aus. Richter nahm darauf keine Rücksicht und dirigierte weiter. Empört wandte sich die Sängerin an den Dirigenten: „Haben Sie denn nicht gemerkt, daß ich auf dem hohen Ton eine Fermate machen will?“

„Eine Fermate?“ meinte Richter. „In der Partitur steht keine Fermate.“

„Das weiß ich“, entgegnete die Primadonna, „ich will aber trotzdem eine Fermate machen!“

Richter legte den Taktstock nieder und sagte ungehalten: „Liebe, gnädige Frau, wenn Beethoven eine Fermate gewollt hätte, dann hätte er eine geschrieben. Beethoven hat aber keine Fermate gemacht, also machen wir auch keine!“

Bei einer Abendgesellschaft in der Bayreuther Villa „Wahnfried“ forderte Cosima Wagner den Komponisten Engelbert Humperdinck auf, einige Worte an die Gäste zu richten. Höflich stand Humperdinck auf, räusperte sich verlegen, hob das Glas und setzte sich dann wieder nieder, ohne ein Wort gesprochen zu haben. Einer der Gäste klatschte begeistert Beifall und erklärte: „Das war die beste Rede, die ich je gehört habe!"

Der berühmte Wagner-Tenor Ernst Kraus war viele Jahre Mitglied der Berliner Hofoper. Wegen seiner umfangreichen Gastspieltätigkeit hatte das Berliner Publikum nur verhältnismäßig selten Gelegenheit, ihn zu hören. Und stand er in Berlin zur Verfügung, dann mußte man ständig befürchten, daß er wegen Indisposition absagte. Deshalb erzählte man sich unter Berliner Opernfreunden: „Wenn der Kraus da ist, dann singt er nicht. Und wenn er singt, ist er nicht da."

Ein ebenso eitler wie mittelmäßiger Sänger brüstete sich Enrico Caruso gegenüber mit dem einzigartigen Erfolg seines letzten Konzerts: „Es war unwahrscheinlich, wie meine Stimme den riesigen Saal füllte!"

Darauf entgegnete Caruso: „Ja, ich habe bereits davon gehört. Ihre Stimme war so raumfüllend, daß ihr ein großer Teil des Publikums Platz machen mußte."

Die international gefeierte Koloratursopranistin Selma Kurz war sehr abergläubisch. Vor allem Schornsteinfeger hielt sie für Glücksbringer. Als sie nach längerer Krankheit zum ersten Mal wieder an der Wiener Oper auftreten sollte, war sie äußerst nervös. Um ihr über diese Unsicherheit hinwegzuhelfen, engagierte der Intendant einen Schornsteinfeger, der ihr scheinbar zufällig über den Weg laufen mußte. Überglücklich drückte Selma Kurz dem Glücksbringer einen größeren Geldschein in die Hand.

Erfreut bedankte sich der Schornsteinfeger: „Aber gnädige Frau, das wäre doch nicht nötig gewesen; der Herr Direktor hat mich ja schon bezahlt!"

Richard Strauss pflegte stets mit seinem eigenen Taktstock zu dirigieren. Bei einem Gastspiel hatte er ihn jedoch vergessen und griff zu einem auf dem Pult liegenden Stab. Mit diesem Stab dirigierte sonst der ständige Kapellmeister, von dem die Orchestermusiker nicht allzu begeistert waren. Kaum hatte Richard Strauss den Taktstock ergriffen, da sprang der Konzertmeister auf und rief: „Herr Doktor, den nehmen Sie bitte nicht! Der hat keinen Rhythmus!"

Arturo Toscanini soll der erste Dirigent gewesen sein, der prinzipiell alles auswendig dirigierte und damit Furore machte. Er tat es aber nicht aus Geltungsbedürfnis, sondern weil er extrem kurzsichtig war. Das veranlaßte den Dirigenten Otto Klemperer zu der Bemerkung: „Bloß weil dieser Italiener zu eitel ist, eine Brille zu tragen, sollen wir jetzt alle auswendig dirigieren."

Toscanini probte mit einer sehr eitlen Sängerin, die ihm jedoch nichts recht machen konnte. Nach zahlreichen Unterbrechungen und Zurechtweisungen verlor sie die Nerven und schrie: „Falls es für Sie ein Geheimnis sein sollte, dann will ich es Ihnen verraten: Ich bin keine Anfängerin, sondern eine weltberühmte Primadonna!"

Toscanini erwiderte boshaft: „Sie können ganz beruhigt sein, meine Gnädigste, ich werde dieses Geheimnis niemandem weitersagen!"

Selbst in unangenehmen Situationen blieb Sir Thomas Beecham ein Weltmann und bewahrte seine Würde. Im Gedränge des

Opernfoyers von Covent Garden wurde er von einem jungen Mann ziemlich unsanft angerempelt. Ohne sich zu entschuldigen, fragte der Tolpatsch barsch nach den Toiletten. Mit vollendeter Höflichkeit erklärte Beecham: „Am Ende dieses Ganges ist eine kleine Türe, und dann kommen rechts zwei Türen. Auf der ersten Tür steht ‚Ladies‘, da gehen Sie bitte nicht hinein. Die zweite Tür ist für Gentlemen, da gehen Sie trotzdem ’rein!“

Der für seine Grandezza bekannte englische Dirigent Sir Thomas Beecham ging zur Mittagszeit in der Londoner City spazieren. Es war sehr heiß geworden, und sein Mantel wurde ihm lästig. Da winkte er einem Taxi, übergab dem Fahrer seinen Mantel und beauftragte ihn, hinter ihm herzufahren. Erleichtert setzte er daraufhin seinen Mittagsspaziergang fort.

Zu seinem achtzigsten Geburtstag erhielt Sir Thomas Beecham, der mit besonderer Liebe Mozarts Werke dirigierte, unzählige Telegramme, Briefe und Glückwunschkarten. Nach den offiziellen Feierlichkeiten fand er endlich Zeit, all die viele Post durchzusehen. Enttäuscht legte er den letzten Brief beiseite und sagte: „Und nichts von Mozart!“

Ein junger, ehrgeiziger Dirigent der Wiener Staatsoper begegnete eines Morgens dem Altmeister Hans Knappertsbusch und erkundigte sich in selbstgefällig-kollegialem Ton: „Haben Sie gestern meinen *Tristan* gehört?“

Der für seine unkonventionelle Direktheit bekannte Knappertsbusch brummte nur: „Ich wußte gar nicht, daß Sie auch einen geschrieben haben.“

Ein Tenor unternahm eine Gastspielreise nach Amerika. Bald nach der Abfahrt des Überseedampfers wurde er seekrank. Drei Tage lag er stöhnend in seiner Kabine. Am vierten Tag kam er bleich, aber in Heldenpose an Deck, schaute entsetzt auf die endlose Wasserfläche und seufzte theatralisch: „Was, hier sind wir erst?"

Eine Sängerin traf an einem warmen Sommertag in den Parkanlagen vor dem Stadttheater einen Kollegen. Da der Sänger einen Wintermantel trug und einen dicken Wollschal um den Hals geschlungen hatte, fragte sie ihn besorgt, ob er sich erkältet habe. „O nein", hauchte er, ein Taschentuch vor den Mund haltend, „aber ich gebe doch im Oktober einen Liederabend!"

Die wegen ihrer hemmungslosen Launenhaftigkeit gefürchtete Operndiva Maria Callas feierte an der Mailänder Scala in Bellinis Oper *Norma* Triumphe. Bei dem anschließenden Bankett schmeichelte der Direktor eines amerikanischen Konzerns der Primadonna: „Gnädige Frau, heute haben Sie sich selbst übertroffen!"

Die Callas musterte ihn erstaunt und meinte dann kühl und herablassend: „Wen soll ich denn sonst übertreffen?"

Ein Tenor, der für seine häufigen Absagen bekannt war, wurde vom Intendanten zu Beginn einer neuen Spielzeit gefragt: „Nun, mein Lieber, haben Sie Ihre Indispositionen für die kommende Saison schon getroffen?"

Der Geiger Yehudi Menuhin erzählte seinem Agenten, daß er Skifahren lernen wolle. Als der Agent darüber erschrak und ein besorgtes Gesicht machte, beruhigte ihn der Künstler schmunzelnd: „Keine Angst, mein Lieber, ich will ja nur soviel lernen, daß ich auf Skiern stehen und mich mit meinen Kindern für die Illustrierten fotografieren lassen kann."

Der Pianist Artur Rubinstein ließ sich in einem Spezialgeschäft alle möglichen elektrischen Rasierapparate vorführen. Er probierte einen nach dem anderen aus und lauschte konzentriert den Geräuschen der verschiedensten Fabrikate. Schließlich entschied er sich: „Diesen nehme ich, bei dem geht mir das Summen am wenigsten auf die Nerven."

Der Komponist Hanns Eisler liebte besonders die Musik von Johann Sebastian Bach. Vor allem studierte er immer wieder die Präludien und Fugen aus dem *Wohltemperierten Klavier*. Er meinte: „Man kann daraus nicht nur viel lernen, sondern sie sind auch das beste Mittel gegen Größenwahn."

Aus seiner Zeit als Wiener Operndirektor erzählt man sich über Herbert von Karajan folgende Geschichte: Der Maestro stürzte aus dem Opernhaus und stieg in das nächste Taxi. Der Chauffeur sah sich fragend um. Darauf knurrte Karajan ungeduldig: „Mann, worauf warten Sie denn noch?"

„Ja, wo woll'n S' denn hin, Herr Direktor?" erkundigte sich der Taxifahrer höflich.

„Ganz egal wohin, ich dirigiere überall!"

Daß Herbert von Karajan gern mit hingebungsvoll geschlossenen Augen dirigiert, daran hatte man sich schon längst gewöhnt. Als er aber nach einem Konzert in der Berliner Philharmonie, die im Volksmund „Zirkus Karajani" genannt wird, auch noch mit geschlossenen Augen das Pult verließ und sich wie ein Nachtwandler durch das Orchester tastete, flüsterte ein Musiker seinem

Kollegen zu: „Ich glaube, jetzt werden wir für Herrn von Karajan bald einen Blindenhund engagieren müssen."

Karl Böhm, Herbert von Karajan und Leonard Bernstein sollen einmal darüber in Streit geraten sein, wer von ihnen der größte Dirigent sei.

Karl Böhm meinte: „Meine führende Position ist unbestritten, denn ich bin der älteste von uns und habe die größte Erfahrung."

Bernstein prahlte: „Erst neulich sprach im Traum der liebe Gott zu mir, daß ich der Größte sei."

Empört warf Herbert von Karajan ein: „Ich kann mich beim besten Willen nicht erinnern, auch nur im Traum jemals dergleichen geäußert zu haben."

Die Ente ist ein dummer Vogel – für einen zuviel, für zwei zuwenig ...

Tafelfreuden und Lebensgenuß

Künstler, vor allem Musiker, sind im allgemeinen sehr gesellig und lieben angeregte Gespräche sowie gutes Essen und Trinken unter Freunden und Gleichgesinnten. Gerade weil der Künstler immer wieder Phasen der inneren Sammlung und Selbstbesinnung, der Nervenanspannung und schöpferischen Konzentration erlebt, bedarf er das Ausgleichs durch entsprechende Abreaktion und Entspannung. Sosehr er einerseits die Zurückgezogenheit liebt und sogar menschenscheu sein kann, ist er andererseits aufgeschlossen, kontaktfreudig und bis zum Übermaß dem Lebensgenuß zugetan. Komponisten nach Abschluß einer größeren Arbeit, Musiker und Sänger nach dem Theater oder Konzert sind viel zu erregt, um sich sogleich umstellen, zu Bett legen und schlafen zu können. Es ist ein Übergang von der Anspannung aller psychischen Kräfte zur Entspannung und zur Einstellung auf den normalen Rhythmus des Alltagslebens erforderlich. Deshalb wird nicht selten bis tief in die Nacht gegessen, getrunken und in geselliger Runde geplaudert. Hinzu kommt der Umstand, daß die wirtschaftliche Situation des Künstlers durch unregelmäßige Einnahmen oft sehr wechselhaft ist. Nach Mangel und Entbehrung folgen glückhafte Zeiten, in denen unerfüllt gebliebene Bedürfnisse befriedigt und Tafelfreuden und Lebensgenuß übermäßig ausgekostet werden.

Diese Bohemesituation ist zwar besonders typisch für das neunzehnte Jahrhundert, aber auch noch heute, vor allem bei freischaffenden Künstlern, anzutreffen. Außerdem darf in diesem Zusammenhang nicht unerwähnt bleiben, daß viele Formen des Lebensgenusses und der Sinnenfreude, das gilt vor allem für den Alkoholkonsum, stimulierende Wirkung haben. Ohne Stimulans ist für viele Künstler die Anspannung des Berufs und der persönlichen Existenz nicht zu bewältigen.

Kolossal wie seine Erscheinung war auch Händels Eßlust. Er war in der Lage, die verschiedensten Gerichte einer großen Speisekarte zu verzehren. Nach Vollendung eines seiner Oratorien begab sich Georg Friedrich Händel in ein Londoner Speisehaus. Er bestellte ein üppiges Menü für vier Personen. Der Wirt notierte die Bestellung, gab den Auftrag an die Küche weiter und deckte die Tafel. Nach einer Weile riß dem Hungrigen die Geduld, und er rief: „Wo bleibt das Essen? Worauf warten wir denn noch?"

„Auf die anderen Gäste, Sir!"

„Es gibt keine anderen Gäste, ich esse für vier!"

Der Komponist und Kapellmeister Georg Benda war nach einer durchzechten Nacht auf dem Heimweg. An einem Springbrunnen auf dem Marktplatz machte er halt, um sich der im Übermaß genossenen Flüssigkeit zu entledigen. Danach blieb er noch eine ganze Weile in unveränderter Haltung am Brunnen stehen. Der vorübergehende Nachtwächter machte ihn darauf aufmerksam: „Verzeihung, Herr Kapellmeister, aber was da noch immer plätschert, das ist der Springbrunnen!"

Nach einem Hofkonzert beim Fürsten Eszterházy saß Joseph Haydn mit den Orchestermusikern beim Nachtmahl. Es gab gebackene Hühnchen, in Österreich Backhendl genannt. Beim genüßlichen Schmaus meinte Haydn vergnügt: „Sonst geht Händel über Haydn, jetzt aber kommt Haydn über Hendl!"

Eine kleine deutsche Stadt beauftragte den jungen Carl Maria von Weber, für das Stadtjubiläum eine Festkantate zu komponieren. Nach der Aufführung der Kantate sollte nach altem Brauch ein am Spieß gebratener Ochse verzehrt werden. Da Weber zu dem Festessen nicht eingeladen war, rächte er sich, indem er die letzte der Schlußzeilen der Kantate *Und wenn wir alles gut vollbracht/*

und für das Wohl der Stadt gewacht,/dann essen wir Ochsenbraten in folgender Weise über die einzelnen Stimmen verteilte: *Dann essen wir Ochsen-, wir Ochsen-, wir Ochsen-, wir Ochsenbraten!*

In einem Pariser Salon wurde über Erlebnisse gesprochen, die auch erwachsene Männer zum Weinen brachten. Gioacchino Rossini gestand, daß er in seinem Leben dreimal bitterlich geweint habe: „Das erste Mal, als meine Oper *Der Barbier von Sevilla* bei der Uraufführung ausgepfiffen wurde; das zweite Mal, als ich Paganini spielen hörte; und das dritte Mal, als ein ungeschickter Lakai bei einer Lustpartie auf dem Comer See einen herrlich getrüffelten Truthahn vor meinen Augen ins Wasser fallen ließ."

Rossini schloß mit einem Freund eine Wette ab. Der Verlierer sollte den anderen zum Truthahnessen einladen. Der Freund verlor die Wette, ließ aber mit der Einladung auf sich warten. Als ihn Rossini dann schließlich erinnerte, gebrauchte der Freund die Ausrede, die Trüffeln seien leider noch nicht voll ausgereift und hätten noch nicht das beste Aroma. Darauf schrieb Rossini zurück: „Lieber Freund, das Gerücht von den Trüffeln hat der Truthahn erfunden! Glauben Sie ihm nicht und lassen Sie uns denselben nun endlich verspeisen!"

Der Komponist und Dirigent Franz Abt, dem der Ausspruch zugeschrieben wird, daß die Ente ein besonders dummer Vogel sei, nämlich für einen Esser zuviel und für zwei zuwenig, war gutem und reichlichem Essen sehr zugetan. Nach einer Orchesterprobe brach er hastig auf und wurde deshalb von einem Musiker gefragt: „Wohin geht's denn so eilig, Herr Hofkapellmeister?"

„Zu einem Essen. Es gibt Fasan!"

Der Musiker kannte den gesunden Appetit des Dirigenten und meinte besorgt: „Hoffentlich ist die Tischgesellschaft nicht allzu groß."

„Sie können ganz beruhigt sein, wir sind nur zu zweit: der Fasan und ich!"

Anton Bruckner, der große österreichische Sinfoniker und Wagner-Verehrer, war einmal in Wagners Bayreuther Villa „Wahnfried" zu Gast. In fröhlicher Runde wurde ein Faß Bier geleert. Der bescheidene und wenig weltgewandte Bruckner hielt sich schüchtern im Hintergrund. Als Richard Wagner dies bemerkte, brachte er eigenhändig seinem Gast ein Glas Bier. Überwältigt von dieser Geste, verbeugte Bruckner sich linkisch und stammelte: „Jessas, so a Kellner, so a Kellner!"

Johannes Brahms wußte einen guten Wein zu schätzen. Deshalb ließ ein Verehrer nach einer üppigen Tafel einen besonders edlen Wein servieren und erklärte dazu: „Das ist der Brahms unter meinen Weinen!"

Brahms kostete und meinte dann: „Ausgezeichnet! Aber das macht mich neugierig, nun auch Ihren Bach kennenzulernen!"

Der populäre Wiener Volksschauspieler und Sänger Alexander Girardi war von der Burgschauspielerin Katharina Schratt zum Kaffee eingeladen. Da wurde überraschend Kaiser Franz Joseph gemeldet. Girardi wollte sich schnell entfernen, doch der Kaiser trat bereits ein und forderte ihn zum Bleiben auf. Verlegen saß Girardi am Kaffeetisch und brachte kein Wort heraus. Da meinte der Kaiser: „Was ist denn mit Ihnen los? Mögen Sie keine Torte? Warum reden Sie keinen Ton? Sie sind doch sonst nicht auf den Mund gefallen!"

„Majestät", stammelte Girardi verwirrt, „trinken Sie mal Kaffee mit einem Kaiser!"

Nach einer Aufführung seiner dritten Sinfonie lud Gustav Mahler die Wiener Philharmoniker zu einem Umtrunk ein. Scherzend versicherte ihm ein Klarinettist: „Heut abend haben S' gehört, was aus einer Klarinette alles 'rauskommt. Heut auf d' Nacht werden S' sehn, was in eine Klarinette alles 'reingeht!"

Max Reger war von Freunden zur Kindstaufe eingeladen. Beim Festschmaus lobte er vor allem den Kaviar. Die Hausfrau versprach daraufhin, daß Reger zu jeder weiteren Kindstaufe eine Dose Kaviar extra bekommen soll. Und so geschah es dann beim zweiten und dritten Kind. Dann spekulierte er mit Zwillingen oder gar Drillingen. Als aber in den nächsten Jahren gar nichts geschah, telegrafierte er empört: „Faule Bande! Wo bleibt mein Kaviar?"

Nach einer Zechtour verrichtete Max Reger in der Morgendämmerung an einer Hausmauer sein kleines Bedürfnis. Da legte sich eine Hand auf seine Schulter, und eine energische Stimme sagte: „Mein Herr, das kostet Sie fünf Mark Ordnungsstrafe!"

Reger ließ sich jedoch nicht stören, gab dem Polizisten danach zehn Mark und meinte: „Das ist für mich und für Sie. Nun dürfen Sie auch mal!"

Max Reger war nicht nur sehr trinkfest, sondern auch ein starker Esser. Als er einmal mit besonders großem Appetit ein Gasthaus betrat, sagte er: „Heute, Herr Ober, bringen Sie mir mal zwei Stunden lang Wiener Schnitzel!"

Bei einem Kammermusikabend spielte Max Reger einmal den Klavierpart des „Forellenquintetts" von Franz Schubert. Eine begeisterte Verehrerin sandte ihm daraufhin am nächsten Tag fünf große Forellen. Reger bedankte sich mit einem herzlichen Brief, in dem er am Schluß anmerkte: „Übrigens, gnädige Frau, möchte ich Sie darauf hinweisen, daß ich bei meinem nächsten Konzert das ‚Ochsenmenuett' von Haydn vortragen werde."

Dem trinkfreudigen Max Reger wurde diese Neigung besonders von mißgünstigen Kollegen vorgeworfen. Scheinheilig gratulierte ihm einmal ein Neider zum Erfolg eines neuen Werkes und fügte boshaft hinzu: „Der Wein scheint Sie wieder einmal göttlich inspiriert zu haben!"

Darauf entgegnete Reger souverän: „So saufen S' doch auch!"

Der Operntenor Leo Slezak wurde mit zunehmendem Alter immer korpulenter. Er vermutete eine Drüsenerkrankung, ging deshalb zum Arzt und klagte über Appetitlosigkeit. Nach der Untersuchung fragte der Arzt: „Na, Herr Kammersänger, was haben Sie denn heute zu Mittag gegessen?"

Slezak winkte ab und erklärte: „Das ist nicht der Rede wert! Nur eine Ochsenschwanzsuppe, vier Leberknödel mit Sauerkraut, dann einen Tafelspitz mit Röstkartoffeln, eine Portion Kaffee, sechs Krapfen und drei Erdbeertörtchen mit Sahne."

„Da brauchen Sie sich aber wirklich nicht zu wundern", lachte der Arzt, „wenn Sie jetzt keinen Appetit haben."

„Ach, Herr Doktor", seufzte Slezak, „ich hatte doch schon vorher keinen Appetit!"

Der fast achtzigjährige Hans Pfitzner besuchte auf Einladung der Wiener Philharmoniker ein Heurigenlokal. Da der Komponist einem guten Tropfen sehr zugetan war, achtete seine Gattin besorgt darauf, daß er nicht zuviel trank. Beim vierten Schoppen erklärte Pfitzner schwärmerisch: „Kein Wunder, daß Franz Schubert so herrliche Einfälle hatte, bei solchem Wein!"

Seine Gattin bemerkte einschränkend: „Denke bitte auch daran, daß Schubert sehr früh sterben mußte!“

„Das kann mir nicht mehr passieren“, schmunzelte Pfitzner vergnügt und leerte sein Glas.

Vor einem abendlichen Festessen im Kreise prominenter Künstler begrüßte der Unterhaltungskomponist Gerhard Winkler seinen überaus beleibten Kollegen Ludwig Schmidseder mit den Worten: „Du siehst aus, als ob du schon gegessen hättest!“

Auf einer Japan-Tournee der Wiener Philharmoniker wurde der Dirigent Karl Böhm nach einem Konzert in Tokio zum Abendessen eingeladen. Er gab sich große Mühe, die gebotenen Köstlichkeiten der japanischen Küche mit Eßstäbchen stilvoll zu genießen. Nach einer Weile kapitulierte er und meinte dazu: „Also mit einem Staberl kann i ja ganz gut Geld verdienen, aber mit zwei müßt' i glatt verhungern!“

Nach einer Premiere saßen die Sänger der Wiener Staatsoper in einem Lokal beisammen. Das Gespräch kam aufs Essen, auf Spezialitäten und Lieblingsgerichte, wobei sich herausstellte, daß mancher unter ihnen ein begeisterter Hobby-Koch war. Kammersänger Erich Kunz amüsierte sich über die Kochleidenschaft der Kollegen und gab seinerseits ein von ihm erfundenes Rezept für die Zubereitung einer Weihnachtsgans zum besten:

„Man nehme eine etwa dreißig Pfund schwere ungarische Gans, würze sparsam mit Salz und Pfeffer und brate sie im Backrohr langsam braun. Nach einer Stunde wird die Gans mit einem Liter feinstem Sherry übergossen und wieder ins Backrohr geschoben. Nach einer weiteren Stunde übergieße man die Gans mit einer Flasche altem schottischem Whisky. Nach wiederum einer Stunde wird die Gans mit einer Flasche vom besten französichen Kognak übergossen und muß dann nochmals zwei Stunden langsam garen. Danach kann man die Gans wegwerfen – aber einzigartig ist die Sauce!"

In einem Fernsehinterview erzählte Kammersängerin Erika Köth von ihrem Haus in der Pfalz und ihrem Weinberg. Auf die Frage, was denn dieser Weinberg jährlich erbringe, erklärte sie: „So etwa sieben- bis achttausend Flaschen, es langt gerade für den Eigenbedarf!"

Erika Köth hatte mit Kollegen bis in die Nacht gefeiert und erschien am nächsten Morgen pünktlich, aber reichlich mitgenommen zur Probe. Als sie bei einer schwierigen Koloratur nur markierte, rief ihr der Kapellmeister zu: „So singen Sie doch! Ich kann zu jeder Zeit singen, auch wenn ich mich mal nicht wohlfühle."

Darauf meinte Erika Köth: „Der Kuckuck ruft den ganzen Tag, die Nachtigall singt nur am Abend!"

Heute hab' ich bei der schönen Helena geschlafen ...

Liebe, Ehe und Amouren

Die starke Sensibilität des Künstlers und die psychische Anspannung des künstlerischen Schaffensprozesses bedürfen des Ausgleichs durch Entspannung, Lockerung, Lebensgenuß und Sinnenfreude. Zu den seelisch-körperlichen Erlebnissen, die höchste Daseinslust vermitteln, intensive Glücksgefühle schaffen und den Menschen in einen Zustand innerer und äußerer Harmonie versetzen, gehören vor allem Erotik und Sexualität. Das durch Sensibilität und Gefühlsintensität geprägte und von der Umwelt als unkonventionell, egozentrisch und exaltiert empfundene Verhalten des Künstlers bestimmt auch sein Verhältnis zur Sexualität. So sagt man Musikern, Sängern und Showstars nach, daß auch ihr Sexualverhalten in hohem Maße unkonventionell sei. Künstler, deren Intimleben keinen Anlaß zu Klatschgeschichten und Skandalen gibt, sind eher die Ausnahme. Manche huldigen einer naiven und romantisch übersteigerten Erotik, andere bevorzugen ungehemmte Sexualität. Die einen neigen zu einem esoterischen Liebesideal, andere zeigen einen ausgesprochenen Hang zu obszöner Derbheit, die sich vor allem verbal äußert. In jedem Falle handelt es sich um ein Verhältnis zur Sexualität, das sich nicht an gesellschaftliche Normen gebunden fühlt. Auch in dieser Hinsicht nimmt der Künstler eine Sonderstellung ein. Obwohl das Verständnis für seine übersteigerten Lebensformen weitgehend fehlt, verurteilt die Gesellschaft seine ungehemmten Verhaltensweisen nur selten. Man klatscht darüber aus gespielter Empörung oder gar Neid, aber man toleriert sie.

Auf dem Wege zu einem Konzert verlor Georg Friedrich Händel im Straßengewühl von London seine Perücke. Da er tief in Gedanken war, bemerkte er den Verlust nicht gleich. Ein junges Mädchen machte ihn darauf aufmerksam. Zu seinem Glück stellte es sich heraus, daß sie die Tochter eines Friseurs war, der sein Geschäft ganz in der Nähe hatte. Sie half dem Komponisten aus seiner Verlegenheit.

Fortan suchte Händel diesen Friseurladen öfter auf und verliebte sich bald in das Mädchen. Als Ausdruck seiner großen Zuneigung schenkte er ihr die Partitur seines berühmten Oratoriums *Der Messias*. Er trug sich ernsthaft mit dem Gedanken, die Friseurstochter zu heiraten.

Da betrat er einmal unbemerkt den Laden, wo seine Angebetete gerade einen jungen Offizier frisierte. Dabei rief sie: „Vater, bring mir doch noch ein paar Seiten von den Händel-Noten zum Lockenwickeln!“

Mit einem Schlag war Händel ernüchtert und von seiner Liebesblindheit geheilt. Wortlos verließ er den Laden auf Nimmerwiedersehen.

Die junge Witwe eines Berliner Theaterdirektors hatte sich vorgenommen, den königlich-preußischen Flötenvirtuosen Johann Joachim Quantz zu heiraten. Da dieser jedoch nicht daran dachte, seine Junggesellenfreiheit aufzugeben, mußte sie ihn überlisten. Als er sie das nächste Mal besuchte, fand er sie ernstlich krank. Besorgt ließ er einen Arzt kommen und schließlich sogar einen Priester. Mit schwacher Stimme hauchte die Todkranke ihren letzten Wunsch, mit dem Namen des geliebten Freundes zu sterben. Tieferschüttert war Quantz zur Eheschließung bereit, und der Priester erteilte dem Paar seinen Segen. Danach sprang sie munter aus dem Bett, umarmte den Verblüfften und legte ein Geständnis ab.

Joseph Haydn war nicht glücklich verheiratet. Seine Frau war zänkisch, herrschsüchtig und hatte überhaupt keine Beziehung zur Musik. Deshalb lebte er schließlich getrennt von ihr. Als ihn einmal ein Freund besuchte, entdeckte dieser auf Haydns Schreibtisch ein großes, verschnürtes Bündel ungeöffneter Briefe. Haydn erklärte: „Das sind alles Briefe meiner Frau. Ich habe diese Briefe nie gelesen. Aber das macht nichts, denn meine Briefe werden von ihr auch nicht gelesen.“

Während seines ersten England-Aufenthaltes wurde Joseph Haydn im Auftrage des musikliebenden Prinzen von Wales von dem Maler John Hoppner porträtiert. Der schon betagte Komponist schlief während der Sitzungen regelmäßig ein. Da der Maler den Komponisten nicht mit abgespannten, schlaffen Zügen malen wollte, mußte zu einer List gegriffen werden. Der Prinz von Wales schickte ein deutsches Hoffräulen in das Maleratelier. Im Nu war alle Müdigkeit vergessen. Haydn plauderte angeregt in seiner Muttersprache mit dem hübschen jungen Mädchen und zeigte sich als Charmeur voller Lebens- und Schöpferkraft.

Die aus Deutschland stammende Sängerin Sophie Cruwell war unter ihrem Künstlernamen Cruvelli eine der gefeiertsten Primadonnen ihrer Zeit und Star der Pariser Oper. Eines Morgens erschien sie nicht zur Probe und blieb trotz eifriger Nachforschungen unauffindbar. Nach einigen Tagen beschäftigten sich zunächst die Pariser Zeitungen und dann auch die ausländischen Journale mit ihrem rätselhaften Verschwinden. Die Polizei wurde eingeschaltet. Als die Pariser Oper verkündete, die Primadonna oder ihre Entführer auf hunderttausend Franc Schadenersatz verklagen zu wollen, erreichte der Skandal seinen Höhepunkt.

Da stand eines Tages plötzlich die wochenlang vermißte Primadonna im Opernbüro und erklärte dem sprachlosen Direktor, sie habe an der Côte d'Azur mit ihrem Verlobten die Flitterwochen vorweggenommen und dabei die ganze Welt vergessen. Begreiflicherweise habe sie inzwischen keine Zeitungen gelesen und daher nicht gewußt, daß ihr kleiner Abstecher ins private Glück einen so großen Wirbel verursacht hatte. Der Direktor war glücklich, seinen Star wiederzuhaben, gab sich deshalb mit dieser Erklärung zufrieden und verzichtete auf die Schadenersatzklage.

Eine junge Sängerin, die durch ihre Stimme und ihr blendendes Aussehen beim Publikum sehr beliebt war, bat den Indendanten um ihre Entlassung.

„Aber warum denn?" fragte der Intendant erschrocken.

„Weil ich den Baron Steinebach heiraten will", erklärte sie stolz und glücklich.

„Mein gutes Kind", sagte väterlich der Intendant, „in diesem Falle will ich Ihnen erst einmal vier Wochen Urlaub geben, das wird genügen!"

Ein Freund besuchte Anton Bruckner und war entsetzt über den bohemehaften Zustand seines Junggesellenhaushalts. Er gab dem Komponisten den gutgemeinten Rat, endlich zu heiraten. Entsetzt wehrte Bruckner ab: „Um Gottes willen, mein Lieber, dafür habe ich gar keine Zeit, ich muß meine Vierte komponieren!"

Als der alternde Johannes Brahms einmal gefragt wurde, warum er nie geheiratet habe, antwortete er sarkastisch: „Es hat mich keine gewollt. Und sollte mich eine wollen, dann würde ich sie wegen ihres schlechten Geschmacks nicht nehmen."

Der Walzerkönig Johann Strauß wurde auch in Rußland stürmisch gefeiert und von den Damen umschwärmt. Zu seinen Verehrerinnen zählte die Verlobte eines russischen Offiziers. Der eifersüchtige Bräutigam forderte den Komponisten zum Duell. Darauf bat Strauß den Offizier in sein Hotel und führte ihn durch mehrere Zimmer, die alle voller Blumen und Geschenke von Verehrern und insbesondere von Verehrerinnen waren. Mit einer höflichen Verbeugung zog sich Johann Strauß aus der Affäre: „Ich habe beim besten Willen keine Ahnung, welches der vielen Blumengebinde vielleicht von Ihrer jungen Braut stammen könnte. Suchen Sie es doch bitte selbst heraus!"

Nach einer unglücklichen Liebesromanze versicherte die beliebte Wiener Soubrette und Volksschauspielerin Josephine Gallmeyer einer Kollegin, daß sie sich nie mehr mit einem Mann einlassen wolle.

„Aber Pepi," meinte die Kollegin, „ohne Mann hältst du es doch keine zehn Tage aus!

„Was, keine zehn Tage?" empörte sich die Gallmeyer. „Zehn Jahre! Woll'n wir wetten?"

Die Wette ging um hundert Gulden. Noch am gleichen Abend besuchte die Gallmeyer einen Faschingsball und schickte dann am nächsten Tag ihrer Kollegin ein Päckchen. Darin befanden sich eine goldene Damenuhr und ein Zettel mit den Worten: „Geld hab' i net, versetz halt die Uhr!"

So souverän Gustav Mahler in seinem künstlerischen Schaffen war, so hilflos und abhängig war er in Dingen des praktischen Lebens von seiner resoluten Frau. Einmal hatte Mahler heftige Zahnschmerzen und wurde von seiner Frau zum Zahnarzt gebracht. Sie blieb im Wartezimmer sitzen. Da öffnete sich die Tür des Behandlungszimmers, Mahler stürzte heraus und rief: „Sag mal, Alma, welcher Zahn tut mir eigentlich weh?"

Der Opernkomponist und Pianist Eugen d'Albert war in dritter Ehe mit der Sängerin Hermine Finck verheiratet. In einem Konzert unter der Leitung ihres Mannes sang sie aus Beethovens *Fidelio* die Leonoren-Arie *Abscheulicher, wo eilst du hin?*.

„Zur vierten!" flüsterte Johannes Brahms seinem Freund Hans von Bülow zu, der neben ihm saß.

Die Hochzeitsreise mit seiner vierten Frau führte Eugen d'Albert nach Österreich und Italien. In Wien lud er einige Freunde ein, um ihnen seine neue Frau vorzustellen. Johannes Brahms, der für einen solchen gesellschaftlichen Abend nicht in Stimmung war, meinte: „Die vierte überspringe ich."

Auf der Italienreise mit seiner vierten Frau beklagte sich Eugen d'Albert über das schlechte Essen und versicherte: „Das weiß ich bestimmt, auf meiner nächsten Hochzeitsreise fahre ich nicht wieder nach Italien!"

Eugen d'Alberts vierte Frau war die Pianistin und Komponistin Teresa Carreño. Beide hatten Kinder aus früheren Ehen, zu denen dann noch Kinder aus dieser Ehe kamen. Einmal stürzte Teresa Carreño in d'Alberts Arbeitszimmer und rief: „Eugen, komm schnell, deine Kinder und meine Kinder verprügeln unsere Kinder!"

Nach einem Konzert von Teresa Carreño schrieb ein boshafter Kritiker: „Die vierte Gattin des Komponisten d'Albert spielte den dritten Satz aus dessen Klaviersonate im zweiten Philharmonischen Konzert der Saison als erste Zugabe."

Als Eugen d'Albert zum fünften Male heiratete, meinte der Komponist und Pianist Ferruccio Busoni: „Daß er sich viermal hat scheiden lassen, kann ich noch verstehen, aber daß er nun zum fünften Male heiratet, ist mir unverständlich."

Auf einem Empfang, bei dem Eugen d'Albert seine fünfte Frau der Gesellschaft vorstellte, meinte der Direktor des Wiener Burgtheaters: „Mein Kompliment, verehrter Meister, Sie haben uns selten eine so charmante Gattin vorgestellt!"

Bei der sechsten Hochzeit von Eugen d'Albert meinte ein Gast: „Wenn der Meister weiterhin so oft heiratet, wird er wohl nie silberne Hochzeit feiern."

Darauf entgegnete ein anderer Gast: „O doch, mit seiner fünfundzwanzigsten Frau!"

Nach der Scheidung von Eugen d'Alberts sechster Ehe, die in Musikerkreisen spöttisch die „Pastorale" genannt wurde, meinte der Dirigent Arthur Nikisch bei d'Alberts siebenter Hochzeitsfeier: „Die neunte wird dann mit Schlußchor und Ode an die Freude!"

Während des Hitlerregimes heiratete Hans Pfitzner zum zweiten Male. Auf dem Standesamt wurde ihm Hitlers *Mein Kampf*, das damals bei Trauungen übliche Buchgeschenk, überreicht. Ironisch bemerkte Pfitzner: „Wirklich ein passender Titel für die Ehe!"

Bei einer Opernprobe ärgerte sich Hans Pfitzner über eine zwar sehr hübsche, aber völlig unmusikalische Sängerin. Der Konzertmeister flüsterte dem Dirigenten zu: „Die kann nicht mal die Tonarten unterscheiden!"

„Jaja", nickte Pfitzner, „sie kennt weder a-Moll noch A-Dur; sie kennt nur A-mour!"

Ein Kritiker, der sich für die Werke von Richard Strauss nicht besonders begeistern konnte, besuchte die Aufführung der Oper *Die ägyptische Helena*. Danach meinte er schmunzelnd: „Heute hab' ich bei der schönen Helena geschlafen."

Bei einer Aufführung, in der eine junge Sängerin sehr überzeugend eine Hosenrolle gestaltete, meinte der Regisseur zu dem Tenor Leo Slezak: „Mindestens die Hälfte des Publikums glaubt, daß sie ein Mann ist."

„Aber die andere Hälfte", erwiderte Slezak lachend, „weiß es aus eigener Erfahrung besser!"

Nach einer Premiere fuhr die populäre Berliner Operettendiva Fritzi Massary mit ihrem Mann, dem Schauspieler Max Pallenberg, in ein vornehmes Restaurant. Beim Aussteigen erhielt Max Pallenberg vom Taxifahrer den gutgemeinten Rat: „Vorsicht, junger Mann, das wird ein teurer Abend für Sie, denn das ist die Massary!"

Der englische Dirigent Sir Thomas Beecham duldete keine Frauen in seinem Orchester. Zur Begründung gab er an: „Sind sie hübsch, dann sind die Musiker nicht mehr auf ihr Spiel konzentriert; sind sie häßlich, dann stören sie mich beim Dirigieren."

Der Geiger Yehudi Menuhin trat schon als Zwölfjähriger mit großem Erfolg öffentlich auf. Bei einer Probe mit den Berliner Philharmonikern forderte der Dirigent Bruno Walter die Musiker auf: „Meine Herren, bitte mehr Ausdruck! Denken Sie dabei an eine schöne Frau, die Sie gerade leidenschaftlich lieben."

Als Bruno Walter den erstaunten Blick des zwölfjährigen Menuhin bemerkte, sagte er einschränkend: „Du, mein Junge, spielst gefälligst nach Noten!"

Nach Hitlers Machtergreifung saß ein Komponist mit einer jungen Dame in einem bekannten Berliner Weinhaus und deutete im Gespräch an, daß er aus rassischen Gründen nun wohl bald Deutschland verlassen müsse. Erstaunt meinte die junge Dame: „Ich wußte ja gar nicht, daß Sie Jude sind."

Mit bitterer Ironie versicherte der Komponist: „Mir wäre es auch lieber gewesen, Sie hätten es bei einer glücklicheren Gelegenheit festgestellt."

Das erfolgreiche musikalische Lustspiel *Axel an der Himmelstür* von Raph Benatzky wurde im Theater an der Wien uraufgeführt. Es war ein Triumph für die junge schwedische Schauspielerin und Sängerin Zarah Leander. Als sie in tiefdekolletierter Robe die Bühne betrat, sagte Benatzky: „Mit dem Kleid bekommt sie entweder einen Mann oder einen Schnupfen."

Darauf meinte ein Kollege: „Jetzt verstehe ich auch den Titel des Stückes, denn bei diesem Dekolleté sieht man tatsächlich von der Achsel bis zur Himmelstür."

Kurz vor Ausbruch des zweiten Weltkrieges gab der Geiger Jascha Heifetz in London ein Konzert. Es war ein gesellschaftliches Ereignis, auch das Königspaar war anwesend. Nach dem Konzert verbeugte sich der Künstler tief vor den Majestäten. Die

Königin lächelte ihn huldvoll an, und Heifetz lächelte zurück. Am nächsten Morgen brachte ein Bote aus dem Buckinghampalast die Aufforderung, daß der König den Geiger zu sprechen wünsche. Heifetz erschrak und verteidigte sich, indem er versicherte: „Selbstverständlich folge ich der Aufforderung, aber Sie können mir glauben: Die Königin hat zuerst gelächelt!"

Der Dirigent Clemens Krauss sprach mit dem Regisseur über die Besetzung der Oper *Capriccio* von Richard Strauss. Der Regisseur wollte die Rolle der Gräfin einer Sängerin anvertrauen, mit der Krauss nicht einverstanden war. Der Dirigent erklärte: „Schließlich muß die Gräfin von einer Frau verkörpert werden, die überzeugend darstellen kann, daß sie zwischen zwei Verehrern schwankt, ohne sich für einen entscheiden zu können. Bei der von Ihnen vorgeschlagenen Sängerin weiß jedoch jeder im Zuschauerraum schon von Anfang an, daß sie sich für beide entscheiden wird."

Als der Dirigent Hans Knappertsbusch erfuhr, daß ein von den Frauen umschwärmter junger Kollege verheiratet war, sagte er erstaunt: „Was, der ist verheiratet? Ich glaubte, er lebt à la carte."

Bei einer Probe der Wagner-Oper *Die Meistersinger von Nürnberg* verdrehte Otto Edelmann, der Darsteller des Hans Sachs, seinen Text. Statt *Hatt' einst ein Weib und Kinder genug* sang er „Hatt' einst ein Kind und Weiber genug".

Hans Knappertsbusch unterbrach den Sänger und meinte höhnisch: „Na, na, mein Lieber, übernimm dich nicht!"

Wegen einer Erkrankung des Dirigenten Karl Böhm stand die Oper *Lulu* von Alban Berg eine Weile nicht auf dem Spielplan der

Wiener Staatsoper. Als das Werk wieder angekündigt wurde, meinte ein Orchestermusiker: „Böhm hat sich von seinem Blasenkatarrh erholt, und nun gibt's wieder *Lulu*."

Wie Richard Strauss und Paul Lincke, so war auch der Unterhaltungskomponist Gerhard Winkler ein passionierter Skatspieler. Um sich zu entspannen, ging er häufig mit Freunden zu Skatabenden und kam oft erst spät in der Nacht nach Hause zurück. Seine Frau, die dann lange auf ihn warten mußte, war davon nicht gerade begeistert. Deshalb meinte sie einmal, sie werde sich, wenn das so weiterginge, einen Hausfreund anschaffen.

Gerhard Winkler stutzte einen Augenblick und sagte dann schmunzelnd: „Aber bitte keinen aus unsrer Skatrunde!"

Robert Stolz, von dem bekannt war, daß er an Klaustrophobie litt und geschlossene Fenster nicht ertragen konnte, wurde einmal von einer Journalistin gefragt, ob er auch im Winter bei großer Kälte die Fenster immer geöffnet habe. Der Komponist bestätigte das.

„Ja, um Gottes willen", rief die Reporterin verblüfft, „wie hält denn das Ihre Frau aus?"

Robert Stolz lächelte und erklärte: „Meine Einzi liebt mich, und da haben wir uns halt zusammengefroren. Seit über dreißig Jahren friert sie nun schon mit mir."

Von einem erfolgreichen Schlagerkomponisten und seinen populären Interpretinnen war allgemein bekannt, daß er mit jeder ein intimes Verhältnis hatte. Deshalb meinte ein boshafter Kollege: „Er hat ihnen seine Lieder auf den Leib geschrieben."

Wenn sie nicht singt, dann ist sie wie die Callas...

Musiker unter sich

Nach Theateraufführungen, Konzerten oder Show-Veranstaltungen sitzen Musiker gern noch in gemütlicher Runde beieinander. Da ihre Arbeit ein hohes Maß an Konzentration erfordert, lieben sie die entspannende und ausgleichende Geselligkeit. Es wird gefeiert, gegessen und getrunken, vor allem aber gefachsimpelt und gelacht. Musiker lieben die Fröhlichkeit und den pointierten Witz. Selbstverständlich reden sie mit Freunden und Gleichgesinnten am liebsten über Musik, über ihre Arbeit und über Kollegen. Bei solchen geselligen Zusammenkünften kursieren Witze, Bonmots, Anekdoten und nicht zuletzt auch Bosheiten über Prominente und Konkurrenten. Obwohl sie alle, jeder auf seine Weise, die Musik lieben und den gerade bewitzelten Künstler oft auch schätzen, macht es ihnen ein geradezu kindliches Vergnügen, die menschlich-allzumenschlichen Schwächen ihrer Kollegen und überhaupt ihr Metier zu verspotten.

Dieser selbstironische Insiderhumor ist für den Außenstehenden oft gar nicht nachzuvollziehen, was wiederum die Umwelt in ihrer vorgefaßten Meinung bestärkt, daß Künstler sonderbare Menschen sind und in einer ganz eigenen Welt leben. Wenn Musiker ausgelassen sind, haben sie vor nichts mehr Respekt, dann entstehen glaubwürdige und unglaubwürdige neue Geschichten, und es wird über alte Anekdoten herzhaft gelacht, auch wenn man sie schon unzählige Male gehört hat.

In fröhlicher Runde erzählten sich Musiker allerlei wahre und erfundene Geschichten. Ein Hornist prahlte: „Ich kann das Signal für die Hirschjagd so echt blasen, daß einmal bei einem meiner Konzerte zwei Jagdhunde in den Saal gestürzt kamen. Die Tiere sprangen wütend unter das Publikum und rissen einen Mann nieder. Wie sich später herausstellte, hieß dieser Mann Hirsch!“

Der Tenor eines kleinen Provinztheaters erzählte in der Kantine von seinen vielen Gastspielreisen: „Einmal passierte es, daß mitten in meiner Arie eine Dame vom Stuhl sank. Es gab eine große Aufregung, und ich mußte aufhören zu singen.“

Mit geheuchelter Anteilnahme erkundigte sich ein Kollege: „Und ging es der Dame dann besser?“

Nach dem Tode des Opernkomponisten Giacomo Meyerbeer kam ein Neffe des Verstorbenen zu Rossini und spielte ihm einen selbstkomponierten Trauermarsch vor. Darauf meinte Rossini: „Es wäre besser gewesen, Sie wären gestorben, und Ihr Onkel hätte den Trauermarsch komponiert!“

Ein junger Musiker besuchte den französischen Opernkomponisten Jules Massenet, um ihm seine Erstlingsoper vorzuspielen. „Ich bin sehr gespannt auf Ihr Urteil“, versicherte er eifrig, „so wie Molière, der seine Stücke zuerst einer einfachen Frau aus dem Volke vorlas, um die Wirkung zu erproben.“

„Mein lieber junger Freund“, sagte Massenet ironisch, „solange Sie nicht Molière sind, bin ich unter gar keinen Umständen für Sie eine einfache Frau aus dem Volke!“

Vier böhmische Musikanten spielten auf einer Bauernhochzeit. Erschöpft, aber in bierseliger Stimmung wankten sie in der Morgendämmerung in ihr Heimatdorf zurück. Da stolperte der Baßgeiger und fiel mit seinem Instrument in den Straßengraben. Es krachte fürchterlich und der Klarinettist fragte besorgt: „Wos is, Karel? Ist der Kontrabaß im Arsch?"

Nach einer kurzen Pause klang es dumpf aus dem Graben: „Nein, umgekehrt!"

Das Schiller-Zitat *Der Mensch versuche die Götter nicht* wandelte der Wiener Hofkapellmeister Joseph Hellmesberger einmal geistreich ab, als die berühmte Wagnersängerin Rosa Sucher in *Tristan und Isolde* auftrat. Das Publikum tobte vor Begeisterung, und Hellmesberger meinte daraufhin: „Der Mensch vergöttre die Sucher nicht!"

Auch als Geiger war der Hofkapellmeister Joseph Hellmesberger sehr bekannt. Einmal spielte er in einem Streichquartett und ärgerte sich darüber, daß der im Publikum sitzende Wiener Lustspieldichter Eduard Bauernfeld während des Konzerts fortwährend mit seinem Nachbarn sprach und sogar vernehmlich lachte. In der Pause ging Hellmesberger zu dem Dichter und fuhr ihn an: „Wie können Sie in meinem Konzert lachen! In Ihren Lustspielen lache ich doch auch nicht!"

Felix Mottl war an der Wiener Hofoper als Dirigent von Wagners *Tristan und Isolde* angekündigt. Am gleichen Abend gab ein sehr mittelmäßiger Sänger im Musikvereinssaal einen Liederabend mit eigenen Kompositionen. Dazu meinte der für seine boshaften Bonmots bekannte Joseph Hellmesberger: „Jetzt weiß ich nicht, hör' ich unter Mottl den *Tristan* oder hör' ich mir von dem Trottel den Mist an?"

Ein mittelmäßiger Tenor gastierte an der Wiener Oper im *Freischütz* von Carl Maria von Weber. In der Wolfsschluchtszene hatte er zu singen: *Weh mir, ich kann nicht hinab!*

Darauf spottete Joseph Hellmesberger: „Hinab kann er nicht, hinauf kann er nicht – und das will ein Tenor sein!"

Johannes Brahms wurde von einem Freund gebeten, dessen neueste Komposition zu prüfen. Brahms sah die Arbeit Seite für Seite durch und sagte schließlich, während er das letzte Blatt zwischen Daumen und Zeigefinger befühlte: „Sag mal, wo kaufst du eigentlich dieses wunderbare Notenpapier?"

Die Frau des Klavierpädagogen und Komponisten Joachim Raff beklagte sich bei Johannes Brahms, daß ihr Mann Tag und Nacht komponiere. Nur mit Mühe habe sie durchsetzen können, daß er nun täglich zwei Stunden mit ihr spazierengehe.

Ohne eine Miene zu verziehen, entgegnete Brahms, der von Raffs Kompositionen nicht allzuviel hielt: „Das ist gut, sehr gut!"

Ein Freund von Johannes Brahms, der aus Liebhaberei Cello spielte, musizierte einmal zusammen mit dem Komponisten. Dabei spielte Brahms, der über die unzureichende Technik des Cellisten merklich ungeduldiger wurde, seinen Klavierpart immer lauter und energischer. Schließlich beschwerte sich der Freund: „Spiel doch bitte nicht so laut, ich kann mich ja selbst nicht mehr hören!"

Ärgerlich brummte Brahms: „Du Glücklicher!"

Ein Verehrer besuchte Brahms. Sie unterhielten sich angeregt eine Weile, und zum Abschied schenkte ihm der Komponist eine gute Zigarre. Der Gast nahm das Geschenk ehrfurchtsvoll entgegen und beteuerte: „Selbstverständlich werde ich diese Zigarre nicht rauchen, sondern als kostbare Erinnerung an diesen Besuch aufbewahren."

Darauf nahm ihm Brahms die Zigarre wieder aus der Hand und gab ihm eine andere: „Nehmen Sie diese, die ist billiger und zum Aufheben gut genug!"

Nach einer Aufführung der dreiteiligen sinfonischen Dichtung *La mer* von Claude Debussy fragte der Komponist einen Kollegen, wie ihm das Werk gefallen habe. „Wirklich ganz ausgezeichnet", versicherte dieser, „und besonders vortrefflich ist im ersten Teil *Von der Morgendämmerung bis zum Mittag auf dem Meer* das kurze Stück so um halb elf herum!"

Der bedeutende Organist Karl Straube setzte sich sehr für Max Regers Orgelkompositionen ein. Als er einmal ein Konzert absagen mußte und ein anderer Organist für ihn einsprang, wurde Reger in der Pause befragt, wie ihm die Wiedergabe seiner Werke gefalle.

In Abwandlung eines Zitats aus Goethes *Faust* meinte Reger: „Die Orgel hör' ich wohl, allein mir fehlt der Straube!"

Max Reger, dessen Schlagfertigkeit und boshafter Witz gefürchtet waren, spöttelte über eine renommierte Sängerin von gewaltiger Körperfülle: „Sie ist nicht gerade die Venus von Milo, aber gewiß die Venus von Kilo!"

Ein unbedeutender, aber sehr ehrgeiziger junger Komponist fragte Reger: „Was halten Sie von meinen Tonschöpfungen?"

Mit ernstem Gesicht erklärte Reger: „Man wird sie spielen, wenn alle großen Meister vergessen sind."

„Meinen Sie wirklich?“ fragte der junge Komponist beglückt.
„Bestimmt, aber früher nicht!“

Bei einem Musikfestival las Max Reger in der Gästeliste des Hotels hinter den Namen völlig belangloser Teilnehmer Bezeichnungen wie Hofkomponist, Tondichter, Musikdirektor, Musikästhetiker und dergleichen. Darüber belustigt und zugleich empört, schrieb er hinter seinen Namen: Akkordarbeiter.

Ein Pianist, dessen Können Reger nicht sehr überzeugte, erzählte dem Komponisten, er wolle in seinem Musikzimmer gern eine Büste aufstellen, wäre aber unschlüssig, ob er sich für Mozart oder für Beethoven entscheiden solle. Spontan entgegnete Reger: „Nehmen Sie Beethoven, der war taub!“

Giacomo Puccini besuchte eine Aufführung seiner Oper *Tosca* an einem deutschen Provinztheater und ärgerte sich über den mittelmäßigen Dirigenten. Nach der Aufführung erkundigte sich der selbstgefällige Kapellmeister nach dem Urteil des Komponisten.

„Verstehen Sie Italienisch?“ fragte Puccini.

„Leider nein“, bedauerte der Dirigent.

Darauf schüttelte Puccini die Hand des Kapellmeisters, machte ein glückstrahlendes Gesicht und beschimpfte ihn auf Italienisch, daß er ein musikalischer Dummkopf und eitler Nichtskönner sei, der eigentlich wie Cavaradossi erschossen werden müßte.

Der Dirigent verbeugte sich tief und versicherte freudig: „Ich bin stolz auf Ihre lobenden Worte und werde diese Begegnung nie vergessen!“

Der große Physiker und Mathematiker Albert Einstein war mit dem Violinvirtuosen Carl Flesch befreundet und spielte auch selbst gern Geige. Einmal bat er seinen Freund, mit ihm zu musizieren. Schon nach kurzer Zeit unterbrach Flesch das Spiel und rief ungeduldig: „Wissen Sie, was Ihnen fehlt? Sie können nicht bis drei zählen!“

Der Komponist Richard Strauss besuchte mit seiner Frau ein Konzert mit eigenen Werken, die von den Wiener Philharmonikern unter der Leitung von Wilhelm Furtwängler gespielt wurden. In der Pause eilten Richard Strauss und seine Frau ins Künstlerzimmer, um dem Dirigenten für die großartige Wiedergabe der Tondichtung *Don Juan* zu danken. Dabei sagte Frau Strauss zu ihrem Mann: „Von dir habe ich den *Don Juan* noch nie so schön gehört!“

Darauf erwiderte Strauss: „Na ja, aber dafür hab' ich's komponiert!“

Zum fünfzigsten Geburtstag von Richard Strauss brachte ihm die Wiener Hoch- und Deutschmeisterkapelle ein Ständchen. Zu Ehren des Jubilars spielte man den Walzer aus seiner Oper *Der Rosenkavalier*. Richard Strauss bedankte sich und sagte lobend: „Das haben Sie wirklich großartig gemacht.“

Der Kapellmeister strahlte: „Vielen Dank, Meister! Schreiben kann's ja a jeder, aber spielen, dös is a Sauarbeit!“

Der Komponist Paul Graener hatte nach Heinrich von Kleists Schauspiel *Prinz Friedrich von Homburg* eine Oper geschrieben. Man rühmte das neue Werk in Gegenwart von Hans Pfitzner, der daraufhin brummte: „Die Steigerung von Kleist ist Kleister!“

Der Violinvirtuose Fritz Kreisler war oft zu übermütigen Späßen aufgelegt. Nach einer Probe mit dem Concertgebouw-Orchester schlenderte Kreisler durch Amsterdam. Dabei entdeckte er das Haus eines Pfandleihers. Er trat ein und bot seine kostbare Guarneri-Geige als Pfand an. Der alte Pfandleiher warf nur einen Blick auf das Instrument und verschwand dann mit einer fadenscheinigen Entschuldigung im Hinterzimmer. Bald darauf erschienen zwei Polizisten, und der Pfandleiher forderte sie auf: „Verhaften Sie den Mann, er hat Fritz Kreislers Guarneri gestohlen!"

„Sie sind wirklich ein Kenner", lachte der Künstler, „ich bin Fritz Kreisler, und das ist meine Geige!"

„Das kann jeder behaupten", rief höhnisch der Pfandleiher, „ich weiß nämlich zufällig, daß Fritz Kreisler jetzt im Konzerthaus auf einer Probe ist."

„Nein, nein", protestierte der Künstler, „die Probe ist schon zu Ende."

Kurz entschlossen drückte der Pfandleiher dem Verdächtigten Bogen und Geige in die Hand und befahl: „Spielen Sie!"

Kreisler setzte seine Guarneri an und spielte einige Takte.

„Danke, das genügt mir!" sagte der Pfandleiher, der ein vortrefflicher Musikkenner war. „Ich bitte um Entschuldigung. Sie sind wirklich Fritz Kreisler."

Fritz Kreisler konzertierte in Amerika. Eines Morgens saß er in einer Hotelhalle in Detroit. Da hörte er, wie einem Gast, der den Künstler eindringlich musterte, vom Portier zugeflüstert wurde: „Das ist der berühmte Mister Kreisler!"

Der offensichtlich kulturell nicht übermäßig interessierte Hotelgast glaubte, es handle sich um den namhaften Detroiter Autofabrikanten, eilte freudig auf den Violinvirtuosen zu, schüttelte ihm die Hand und beteuerte: „Welch eine Freude, Mister Chrysler, Ihnen meine Bewunderung für Ihre hervorragenden Automobile aussprechen zu dürfen!"

„Thank You!" lächelte Fritz Kreisler gönnerhaft und ließ das Mißverständnis unaufgeklärt.

In den zwanziger Jahren war es eine weitverbreitete Sitte, zu okkulten Abenden und spiritistischen Sitzungen einzuladen. So wurde einmal Franz Lehár von einer Gräfin gebeten: „Kommen Sie doch bitte am nächsten Samstag zu uns zum Tischrücken!“

Lehár bedankte sich höflich, heuchelte Bedauern und begründete schmunzelnd seine Ablehnung: „Für den nächsten Samstag habe ich nämlich schon eine Einladung zum Rehrücken!“

Hans Knappertsbusch dirigierte in Gelsenkirchen ein Sinfoniekonzert. Danach gab es einen Empfang beim Oberbürgermeister. Während des Festbanketts fragte Knappertsbusch: „Wissen Sie eigentlich, wann ich das letzte Mal in Gelsenkirchen gewesen bin?“

Da niemand sich daran erinnern konnte, erklärte Knappertsbusch: „Ich will es Ihnen verraten: Heute!“

Auf einer Probe tadelte der Dirigent wiederholt eine ebenso mittelmäßige wie eingebildete Sängerin. Die Dame bekam einen Wutanfall und verließ das Theater. Darauf meinte der Dirigent: „Solange sie singt, ist sie wirklich nichts Besonderes, aber wenn sie nicht singt, dann ist sie wie die Callas!“

Anläßlich des hundertfünfzigsten Todestages von Joseph Haydn wurde der bis dahin in Wien aufbewahrte Schädel des großen Komponisten feierlich von Wien nach Eisenstadt überführt, um dort mit den übrigen Gebeinen im Haydn-Mausoleum beigesetzt zu werden.

Als sich bald darauf Herbert von Karajan, damals Chef der Wiener Staatsoper, in der Schweiz einer Blinddarmoperation unterzog, prophezeite ein Wiener Musikfreund ironisch: „Da wird man wohl jetzt den Blinddarm von Karajan nach Wien überführen!“

In geselliger Runde erzählte ein amerikanischer Gastdirigent europäischen Kollegen von seiner Konzertreise in den Vorderen Orient. Dabei schilderte er ausführlich die überstandenen Gefahren: „Stellen Sie sich vor, meine Herren, auf der Fahrt zwischen Haifa und Jerusalem wurde mein Wagen mehrmals von arabischen Terroristen beschossen!"

Da flüsterte einer seinem Nachbarn zu: „Soviel Musikverständnis hätte ich den Arabern gar nicht zugetraut!"

Einige Orchestermusiker saßen zu vorgerückter Stunde an ihrem Stammtisch und erzählten sich die neuesten Witze, darunter auch den folgenden: Zwei Vampire trafen sich um Mitternacht. Der eine Vampir fragte den anderen: „Bist du musikalisch?"

Der zweite Vampir nickte.

„Dann sing mal ein schönes Lied!"

Darauf sang der Vampir mit verklärtem Gesicht: *Wiener Blut, Wiener Blut ...*".

Der Musiker und seine Arbeitswelt

Stunden wollen Sie nehmen – Sie müssen Jahre nehmen …

Die musikalische Ausbildung

Die Gesellschaft sieht im allgemeinen nur den äußeren Erfolg oder die Niederlagen, die Traumgagen oder die Armut, den Ruhm oder den Existenzkampf, macht sich aber kaum Vorstellungen, wie hart und ausdauernd Künstler arbeiten und wieviel Disziplin sie aufbringen müssen, um ihr Handwerk zu erlernen und sich zu profilieren. So realitätsfern und egozentrisch Künstler sich auch mitunter gebärden, so aktiv und aufgeschlossen bewegen sie sich in ihrer Arbeitswelt, denn Hingabe und Opferbereitschaft sind grundlegende Voraussetzungen, um überzeugende künstlerische Leistungen vollbringen zu können.

Das völlige Aufgehen der Persönlichkeit im künstlerischen Beruf beginnt bereits mit der Ausbildung. Der Außenstehende ahnt nicht, wie viele Stunden jahrelang Tag für Tag ein Musikstudent üben und seine Begabung formen muß, wenn er später wirklich einmal als Musiker Überdurchschnittliches leisten will. Auch Autodidakten, die heute in der Showszene häufig anzutreffen sind, können sich gegenüber der massiven Konkurrenz des modernen Musikmarktes nur behaupten, wenn sie wirklich über Talent und Originalität verfügen und ihren Leistungsstandard ständig vervollkommnen.

Ein junger Musiker aus der Provinz reiste zum Vorspielen nach Berlin. Mit dem Geigenkasten unterm Arm verließ er den Bahnhof und fand sich im Großstadttrubel nicht zurecht. Schließlich fragte er einen Passanten: „Verzeihen Sie bitte, können Sie mir sagen, wie ich am schnellsten zur Philharmonie komme?“

Mit einem Blick auf den Geigenkasten meinte der Passant: „Üben, junger Mann, tüchtig üben!“

Als Beethoven sich in Wien niedergelassen hatte, kam ein sehr selbstbewußter junger Mann zu ihm und wollte sein Schüler werden. Er setzte sich ans Klavier und griff mächtig in die Tasten. Nach einigen Takten unterbrach ihn Beethoven und erklärte: „Ich habe nicht soviel Zeit, um Sie so lange zu unterrichten, bis Sie einsehen, daß Sie nichts können.“

Anton Bruckner war mit den Leistungen eines schon älteren Kompositionsschülers nicht zufrieden und tadelte ihn wiederholt recht heftig. Schließlich wurde es dem Zurechtgewiesenen zuviel, und er erklärte dem Meister: „Ist das eine Art, mit einem verheirateten Mann umzugehen?“

Der im Grunde gutmütige Bruckner lenkte daraufhin ein und meinte besänftigend: „Ja, warum haben Sie denn das nicht gleich gesagt? Wie geht's denn der Frau Gemahlin? Haben Sie Kinder, und sind die wohlauf? Empfehlen Sie mich bitte der Familie, wenn Sie heimkommen!“

Zu Johannes Brahms kam ein junger Mann und wollte sein Schüler werden. Er spielte dem Meister vor und erkundigte sich danach bescheiden, ob er Talent habe. Brahms nickte: „Ja, Sie haben Talent – aber nur wenig!“

Ein junger Komponist übersandte Johannes Brahms seine erste Sinfonie und bat um eine strenges Urteil des Meisters. Am Schluß seines Briefes hieß es: „Ich fühle mich geadelt, wenn ein weiser Mann mich tadelt."

Brahms sandte die Partitur zurück mit den Worten: „Ich möchte Sie am liebsten zum Großherzog machen!"

Auf einem Spaziergang begegnete Giuseppe Verdi einem Leierkastenmann, der gerade die beliebte Arie *O wie so trügerisch sind Weiberherzen* aus der Oper *Rigoletto* spielte. Das Tempo des Drehorgelspielers war jedoch zu schnell und entstellte die Melodie so sehr, daß Verdi eingriff und dem Straßenmusikanten zeigte, wie das Stück richtig gespielt werden muß.

Als Verdi nach einiger Zeit den Leierkastenmann wiedertraf, hing an der Drehorgel ein großes Schild mit der Aufschrift: „Schüler von Giuseppe Verdi".

Ein angehender Komponist hatte eines seiner Werke an Max Reger geschickt und besuchte ihn bald darauf, um das Urteil des Meisters zu erfahren. Dabei versicherte er: „Sollte Ihnen meine Komposition nicht gefallen, ich habe noch einige Eisen im Feuer."

Spöttisch gab ihm Reger den Rat: „Das ist sehr gut, dann nehmen Sie doch die Eisen heraus und werfen dafür diese Komposition ins Feuer!"

Dem Pianisten und Komponisten Eugen d'Albert spielte ein sehr ehrgeiziger Klavierschüler vor und erledigte seine Aufgabe völlig ausdruckslos und in einem so unsinnigen Tempo, daß d'Albert am Schluß zu ihm sagte: „Phänomenal! So schnell wird Ihnen das keiner nachspielen!"

Der ehemalige Hofkapellmeister eines kleinen sächsischen Herzogtums leitete nach seiner Pensionierung eine private Musikschule. Dort erklärte er seinen Schülern: „Also, wenn vor den Noten ein *b* steht, dann heeßt das *biano*, und dann müßt ihr ganz leise spielen. Wenn zwei *b* davorstehn, das heeßt *bianissimo*, dann müßt ihr noch leiser spielen. Wenn aber drei *b* davorstehn, dann darf mer überhaupt nischt mehr hör'n – das heeßt, e bißchen muß mer schon hör'n!"

Der spanische Cellist Pablo Casals erläuterte einem Schüler, daß sein Spiel wie eine Liebeserklärung klingen müsse. Der Schüler gab sich alle Mühe, aber Casals war nicht zufrieden und sagte ungehalten: „Denken Sie doch an Ihre Braut und nicht an Ihre Schwiegermutter!"

Ein kinderreicher Bauer im Bayerischen Wald wußte nicht recht, zu welchem Beruf er seinem jüngsten Sohn raten sollte. Da der Junge eine hübsche Stimme hatte und der Lehrer meinte, er wäre recht musikalisch, fuhr der Vater mit ihm in die nächste Stadt zu einem Musiklehrer. Dieser stellte nach eingehender Prüfung fest: „Der Junge ist begabt. Ich werde ihn zum Geiger ausbilden."

An seinen Geldbeutel denkend, erkundigte sich der Bauer besorgt: „Und wie lang wird denn das ungefähr dauern?"

„Einige Jahre müssen Sie schon rechnen."

Erschrocken winkte der Bauer ab und fragte: „Und wie lang dauert es, wenn Sie aus dem Buben einen Trompeter machen?"

„Auch das braucht seine Zeit, mindestens drei Jahre."

Da der Bauer erneut abwinkte, verlor der Musiklehrer die Geduld und rief: „Ja, wenn Ihnen das alles zu lange dauert, dann bleibt nur noch eins: Lassen Sie den Jungen Kontrabaß lernen, dann können Sie ihn in drei Tagen wieder abholen!"

In einer Geigenklasse waren zwei Schüler, deren Begabung einiges zu wünschen übrigließ. Dem einen empfahl der Professor, lieber Schornsteinfeger zu werden, und dem anderen gab er den Rat, sich als Gärtner zu verdingen. Als einer der beiden wieder einmal durch sein talentloses Spiel auffiel, rief der Professor verzweifelt: „Hab' ich dir nicht schon tausendmal gesagt, du sollst Schornsteinfeger werden!"

Grinsend meinte der Schüler: „Aber, Herr Professor, ich bin doch der Gärtner!"

Ein Vater, der von Musik keine Ahnung hatte, gab nach langem Widerstreben dem Drängen seines kleinen Jungen nach und kaufte ihm auf dem Flohmarkt eine alte Gitarre. Enttäuscht musterte der Junge das unbrauchbare Instrument und jammerte: „Aber, Vati, diese Gitarre hat ja nur noch eine Saite!"

„Das macht doch nichts", tröstete ihn der Vater, „zum Üben ist sie gut genug!"

Während der Abschlußprüfung an einem Konservatorium wurde eine Cellistin danach gefragt, welche andere Bezeichnung gelegentlich auch für das Violoncello verwendet wird. Da ihr der Begriff Kniegeige nicht einfiel, versuchte ihr ein Lehrer zu helfen, indem er auf sein Knie deutete. Zunächst verstand das Mädchen nicht, dann schien sie zu begreifen und antwortete errötend: „Viola d'amore."

Zu einem Gesangsprofessor kam eine junge Dame zum Vorsingen. Der Professor hörte sich ihre kreischenden Mißtöne eine Weile geduldig an, dann unterbrach er unwillig: „Sie sollten lieber Nebelhorn lernen, damit könnten Sie Menschenleben retten!"

Ein junger Geigenspieler suchte einen Hochschulprofessor auf, um bei ihm Stunden zu nehmen. Nachdem er vorgegeigt hatte, sagte der Professor: „Lieber junger Mann, Stunden wollen Sie nehmen? Sie müssen Jahre nehmen!“

Jaja, an Mozart erinnert man sich immer gern …

Originalität und Plagiat

Da auch der Komponist wie jeder andere Künstler Produkt seiner Umwelt und eingebunden in geschichtliche Entwicklungen ist, ergeben sich zwangsläufigen im kompositorischen Schaffen vielfältige Verflechtungen mit der Musik der Vergangenheit und Gegenwart. Anklänge an Werke anderer Komponisten müssen jedoch nicht immer beabsichtigte Plagiate sein. Häufig sind sie Ausdruck einer Assimilierung der vielgestaltigen Welt der Musik, mit der sich der Komponist ständig bewußt und unbewußt auseinandersetzt. Allzu offensichtliche und skrupellose Übernahme musikalischer Einfälle anderer Komponisten ist freilich ein zu verurteilendes Delikt, obwohl der Diebstahl geistigen Eigentums früher juristisch nicht so wie heute geahndet wurde. Als ehrenrührig galt das Plagiat jedoch stets. Zumeist ist die Aneignung fremden geistigen Eigentums ein Zeichen von Einfallslosigkeit und mangelnder Originalität, immer wieder werden aber auch musikalische Ideen anderer Herkunft so eigenständig verarbeitet und mit dem eigenen Stil so verschmolzen, daß es schwer ist, zwischen Zitat, Umformung, Weiterentwicklung und Plagiat zu unterscheiden.

Wie viele große Meister, so war auch Georg Friedrich Händel nicht immer gerade zurückhaltend in der Aneignung fremden musikalischen Eigentums. Als ihm einmal nachgewiesen wurde, daß er bei allen möglichen Komponisten Anleihen gemacht habe, entgegnete Händel: „Aber diese Dilettanten wußten doch mit einer guten Melodie rein gar nichts anzufangen!“

Der am Wiener Hof wirkende Komponist Antonio Salieri arbeitete an einem geistlichen Chorwerk. Da er sich nicht entscheiden konnte, ob die Worte des Heilands von einem Tenor oder einem Baß gesungen werden sollten, fragte er den mit ihm befreundeten Christoph Willibald Gluck um Rat. Der über siebzigjährige Gluck, der seinen nahen Tod fühlte, sagte lächelnd: „Haben Sie etwas Geduld, ich werde bald wissen, welche Stimmlage unser Heiland hat, und Ihnen dann Nachricht geben.“

Ein junger Musiker, der den Ehrgeiz hatte, sich auch als Komponist einen Namen zu machen, wandte sich an Wolfgang Amadeus Mozart: „Wie kann ich es in der Kunst des Komponierens schnellstens zur Meisterschaft bringen?“

Mozart riet ihm: „Sie müssen gründlich studieren, denn nur Fleiß und Ausdauer führen zum Ziel.“

„Aber Sie haben doch schon als Kind komponiert“, warf der ungeduldige junge Mann ein.

„Das stimmt“, sagte Mozart, „aber ich habe auch niemanden gefragt, wie ich es machen soll.“

Ein Musikkenner machte Mozart darauf aufmerksam, daß er eine Melodie von Haydn gestohlen habe. Darauf erwiderte Mozart lachend: „Diese Melodie ist bei Haydn so schön, daß ich sie nicht besser machen könnte.“

Carl Loewe trug im Freundeskreis seine neueste Ballade vor. Danach kritisierte einer: „Einige Stellen haben mich an Mozart erinnert."

Mit einem Lächeln erwiderte Loewe: „Jaja, an Mozart erinnert man sich immer gern."

Ein junger Komponist spielte Gioacchino Rossini aus seiner Oper *Die Wüste* vor. Interessiert hörte Rossini zu und meinte schließlich: „Ihre Oper müßte nicht *Die Wüste*, sondern ‚Der Boulevard' heißen, denn ständig trifft man gute Freunde und Bekannte!"

Der italienische Opernkomponist Gaetano Donizetti hatte die Angewohnheit, beim Komponieren einen Gegenstand scheinbar scharf ins Auge zu fassen, während er in Wirklichkeit gar nicht wahrnahm, was um ihn herum vorging. So blieb er einmal vor dem Schaufenster eines Pariser Modesalons stehen und starrte einige Zeit in die Auslage. Das war der Ladeninhaberin verdächtig, sie öffnete die Tür und fragte energisch: „Was suchen Sie hier, mein Herr?"

Donizetti fuhr aus seinen Gedanken auf und erklärte: „Ich suche das Finale meiner *Regimentstochter*."

Von Georg Hellmesberger wurde ein Streichquartett aufgeführt. Danach meinte ein guter Freund zu dem Komponisten: „Na, mein Lieber, da hast du ja ganz schön von Mozart gestohlen!"

Gelassen erwiderte Hellmesberger: „Weißt du vielleicht einen Besseren?"

Joseph Hellmesberger war zu Gast bei der Familie eines nicht sehr bedeutenden Komponisten. Nach dem Essen zog sich der Hausherr mit vielen Entschuldigungen zur Arbeit zurück. Boshaft bemerkte Hellmesberger: „Kinder, tut's beten, der Vater geht stehlen!"

Der Wiener Komponist Robert Fuchs zeigte seinem Freund Joseph Hellmesberger die Partitur seiner neuesten Sinfonie. Hellmesberger sah die Partitur durch und stellte dann ironisch fest: „Fuchs, die hast du ganz gestohlen!"

Jacques Offenbach zog sich zum Arbeiten nicht in Stille und Einsamkeit zurück, sondern hatte seine besten Einfälle, wenn ihn lebhafter Trubel umgab. Während seine Kinder lärmten, Freunde sich laut unterhielten, Gäste kamen und gingen, saß er inmitten des Geschehens und komponierte. Trat jedoch einmal rücksichtsvolle Stille ein, dann sah Offenbach irritiert auf und rief: „Was ist denn los? Ich kann doch nicht arbeiten, wenn alles schweigt!"

Bei einem Konzert junger Komponisten kam ein Walzer zur Uraufführung. Da bemerkte ein Zuhörer: „Hier schmückt sich wieder mal einer mit fremden Federn!"

Sein Nachbar bestätigte: „Sehr richtig, und zwar mit Straußfedern!"

Die Programmusik von Franz Liszt hatte den jungen Richard Wagner stark beeinflußt. Jahrzehnte später spielte Franz Liszt in Wagners Bayreuther Villa seine *Faust*-Sinfonie. Das Hauptthema des ersten Satzes ist identisch mit einem Motiv aus dem zweiten Akt der *Walküre*. Als das Thema erklang, stutzte Wagner, ging dann zu seinem Schwiegervater ans Klavier und erklärte: „Du, Papa, das habe ich dir ja gestohlen!"

Neidlos sagte Liszt: „Nun, das ist recht, da hört's doch wenigstens jemand."

Zu Franz Liszt kam ein junger Pianist und bat um Prüfung einer von ihm komponierten Sonate. Dabei bemerkte er: „Ich möchte zwar in erster Linie ein erfolgreicher Pianist werden, aber ich schreibe auch ab und zu."

Liszt blätterte in dem ihm überreichten Manuskript und meinte: „Soso, auch zu?"

Ein junger Komponist übergab dem Dirigenten und Pianisten Hans von Bülow die Partitur seiner ersten Sinfonie. Nach einigen Tagen suchte er den Meister auf und erkundigte sich: „Gefällt Ihnen mein Werk?"

Boshaft versicherte Bülow: „Natürlich, schon von jeher!"

Außer dem Violinkonzert in g-Moll wurde von Max Bruch noch *Kol Nidrei* sehr bekannt, eine alte jüdische Tempelhymne, die er zu einem Werk für Violoncello und Orchester ausgestaltete. Der berühmte Cellist Heinrich Grünfeld spielte dieses Werk einmal in Anwesenheit des Komponisten. Nach dem Konzert beanstandete Bruch das Tempo des Cellisten. Ärgerlich entgegnete Grünfeld: „Mein lieber Herr Professor, ich habe das *Kol Nidrei* schon gespielt, lange bevor Sie es komponiert haben."

Der Dirigent Bruno Walter war dem Komponisten Gustav Mahler, für dessen Werke er sich immer wieder einsetzte, freundschaftlich verbunden. Einmal besuchte er Mahler am Attersee, der dort an seiner von Naturschilderungen erfüllten dritten Sinfonie arbeitete. Bei seiner Ankunft war Bruno Walter von der Schönheit der österreichischen Voralpenlandschaft tief beeindruckt, doch Mahler riß ihn aus seiner Versunkenheit, zog ihn ins Haus und rief: „Sie brauchen gar nicht hinzusehn, denn das habe ich schon alles wegkomponiert!"

In Darmstadt wurde die Uraufführung der Oper *Dame Kobold* von Felix von Weingartner vorbereitet. Das Werk enthält unverkennbare Anklänge an andere Komponisten.

Als Weingartner zu einer Orchesterprobe erschien, flüsterte der Konzertmeister einem Kollegen zu: „Schau, da kommt einer der Komponisten!"

Der französische Komponist Claude Debussy arbeitete sehr langsam und benötigte für jedes Werk ungewöhnlich viel Zeit. Als einmal die Metropolitan Opera New York bei ihm eine Oper in Auftrag geben wollte, erkundigte er sich, wieviel Zeit ihm dafür zur Verfügung stünde.

„Wir brauchen die Oper zur Eröffnung der neuen Saison, also etwa in drei Monaten", war die Antwort.

„In drei Monaten?" entsetzte sich Debussy. „So lange brauche ich allein, um mich zwischen zwei Akkorden zu entscheiden."

Über die Erstlingsoper eines an Richard Wagner orientierten jungen Komponisten äußerte einmal der für seine boshafte Schlagfertigkeit bekannte Max Reger: „Frisch gewagnert ist halb gewonnen."

Freunde besuchten Richard Strauss in seiner Villa in Garmisch. Man plauderte angeregt, aber schließlich wollten die Gäste nicht länger stören. Mit einem Seitenblick auf seine Frau sagte Richard Strauss: „Bleibt doch noch zum Kaffee, dann muß ich heute nachmittag nicht mehr komponieren."

Bei der Probe zu einem neuen Werk von Richard Strauss meinte der Dirigent an einer bestimmten Stelle, daß sie ihn an Pfitzner erinnere. „Stimmt“, erwiderte Strauss, der auf Pfitzner nicht gut zu sprechen war, „das ist wirklich eine der schwächsten Stellen!“

Zu dem erfolgreichen Berliner Operettenkomponisten Paul Lincke kam einmal ein sehr selbstbewußter, aber wegen seiner Anleihen bei anderen Komponisten verrufener Kollege und erklärte: „Ich arbeite am liebsten in der Nacht, da bin ich am produktivsten.“

„Det vasteh' ick“, antwortete Lincke, „die meisten Diebstähle wer'n ja nachts bejangen.“

Als der später sehr erfolgreiche Komponist Oskar Nedbal sein erstes größeres Werk von einem Orchester gespielt hörte, war er ganz gerührt und stammelte: „Und all die schöne Musik ist wirklich von mir?“ Der Kapellmeister wandte sich um und meinte: „Na ja, nicht alles.“

Zwei unbedeutende Operettenkomponisten bezichtigten sich gegenseitig des Plagiats. Franz Lehár wurde als Sachverständiger gebeten, den Streit zu entscheiden. Er prüfte die beiden strittigen Werke und urteilte dann: „Der Geschädigte ist keiner von beiden, sondern Jacques Offenbach.“

Ein junger Komponist fragte nach der Uraufführung seines neuesten Werkes einen renommierten Musikkritiker: „Nun, wie hat Ihnen meine Operette gefallen?“

„Sehr hübsch“, versicherte der Kritiker diplomatisch. „Aber im letzten Akt, da bringen Sie eine eigene Melodie, und damit gefährden Sie Ihren Erfolg.“

Igor Strawinsky probte eines seiner Orchesterwerke mit den Wiener Philharmonikern. Eine bestimmte Stelle wollte einfach nicht klappen. Unnachgiebig klopfte Strawinsky immer wieder ab, bis der Konzertmeister schließlich einwandte: „Es hat keinen Zweck, diese Stelle haben wir in Gustav Mahlers achter Sinfonie auch nie richtig spielen können."

Paul Hindemith besuchte überraschend einen seiner Kompositionsschüler. Auf dem Flügel lagen die verschiedensten Partituren und Klavierauszüge, darunter Werke von Bach, Mozart, Beethoven, Chopin, Brahms und Tschaikowsky. Scherzend meinte Hindemith: „Und ich habe immer gedacht, Sie komponieren auswendig!"

Peter Kreuder, von dem der Ausspruch stammen soll „Besser gut gestohlen als schlecht erfunden", saß einmal mit Komponistenkollegen in einer Bar. Der Barpianist spielte gerade den „Minutenwalzer" von Chopin. Einer der Komponisten fragte ironisch: „Peter, ist das auch ein Werk von dir?"

Schlagfertig antwortete Kreuder: „Noch nicht!"

In Anspielung auf den bekannten Marsch *Einzug der Gladiatoren* von Julius Fučík sagte einmal der Berliner Komponist und Musikverleger Willi Kollo vor der Eröffnung einer Tagung des Deutschen Komponistenverbandes: „Jetzt erleben wir den Einzug der Plagiatoren!"

Je falscher es klingt, um so richtiger ist es...

Die neue Musik

Avantgardistische Experimente, moderne Stilrichtungen, neue Musik hat es immer gegeben. Da es bequemer ist, sich an altbewährten, traditionellen Maßstäben zu orientieren, als dem eigenen Erleben und Urteil unvoreingenommen zu vertrauen, und weil Abweichungen von der Konvention dem unvorbereiteten Hörer fremd erscheinen, denn er kann die neuen Strukturen allein durch einmaliges Hören nicht erfassen, stoßen neue musikalische Ausdrucksmittel und Klangformen zunächst auf Ablehnung oder zumindest Vorbehalte. Das Publikum muß sich erst an das Neuartige und deshalb Befremdende gewöhnen. Das Ohr, der Verstand und auch das Gefühl brauchen Zeit, sich auf neue Sinneserlebnisse einzustellen. Dies macht auch verständlich, daß sich vor allem geistig aufgeschlossene und vorurteilslose Menschen, insbesondere aber Jugendliche für Experimente und neue Musikrichtungen begeistern, da sie weniger mit Traditionen belastet und ihre Hörerlebnisse noch nicht so stark von konventionellen Klangformen geprägt sind.

Schließlich wird auch das Neue und zunächst heftig Umstrittene zur Erfahrung und zur Gewohnheit und hört auf, neu zu sein. So wird das Moderne allmählich zum Altvertrauten, und dann vollzieht sich wieder Neues. Dieser Prozeß ständiger Erneuerung und Weiterentwicklung bestimmt die ganze Musikgeschichte. Einstige Neuerer wie Beethoven, Liszt, Bruckner und Wagner oder auch Gustav Mahler, Richard Strauss, Arnold Schönberg, Igor Strawinsky und Paul Hindemith gehören heute zu den Klassikern des Konzert- und Opernrepertoires.

Als Richard Wagners sogenannte „Zukunftsmusik“ noch im Kreuzfeuer des Für und Wider stand und auch viele sonst durchaus aufgeschlossene Musiker sich nicht dafür begeistern konnten, schrieb der erste Fagottist des Wiener Hofopernorchesters in seine Noten zur *Götterdämmerung* die Verse: *Der Zukunft Musik dereinst oben / wird hoffentlich anders sein, / sonst möcht' ich nach hiesigen Proben / nicht in den Himmel hinein!*

Der Komponist Gustav Mahler besuchte ein Konzert mit atonalen Werken. Nach der Aufführung pfiff und lärmte ein großer Teil des Publikums. Aber Gustav Mahler applaudierte demonstrativ und meinte dazu: „Mir gefällt es auch nicht, aber vielleicht liegt es daran, daß ich es nicht verstehe.“

Richard Strauss probte mit der Dresdner Staatskapelle seine sinfonische Dichtung *Till Eulenspiegels lustige Streiche*. An die neuartigen Klangwirkungen noch nicht gewöhnt, spielten die Musiker sehr unsicher. Strauss ermunterte sie: „Nur Mut, meine Herren, je falscher es klingt, um so richtiger ist es!“

Generalmusikdirektor Ernst von Schuch probte in Dresden für die Uraufführung der Oper *Salome* von Richard Strauss. Der Komponist saß im Parkett und fühlte sich durch eine Putzfrau gestört, die sich zwischen den Sitzen zu schaffen machte. „Was sucht die denn hier die ganze Zeit?“ fragte Strauss gereizt.

Schuch drehte sich um und meinte spöttisch: „Einen Dreiklang!“

Ein neues Werk von Richard Strauss wurde einstudiert. Da beklagte sich ein Hornist, daß er eine Stelle auf seinem Instrument nicht spielen könne, und meinte: „Das kann man vielleicht auf dem Klavier spielen, aber niemals auf dem Horn!“

Der Komponist versicherte schmunzelnd: „Seien Sie beruhigt, mein Lieber, auf dem Klavier geht es auch nicht."

Ein Musiker der Wiener Philharmoniker konnte sich mit den damals modernen Kompositionen von Richard Strauss nicht anfreunden. Deshalb äußerte er einmal: „Ich muß diese Werke zwar spielen, aber ich höre sie mir ganz bestimmt nicht an!"

Richard Strauss besuchte ein Konzert mit Werken junger Komponisten der damaligen Avantgarde. Anschließend nach seinem Urteil befragt, bekannte er offen, daß er diese Musikrichtung nicht verstehe. Als man ihn darauf hinwies, daß es sich um dadaistische Werke handle, erwiderte Strauss: „Aha, das muß man erst wissen, und dann muß man es *da-da ca-ca po-po* hören."

Obgleich kein Freund atonaler Musik, stellte Richard Strauss bei der Durchsicht des Werkes eines jungen avantgardistischen Komponisten überrascht fest, daß die Arbeit musikalische Substanz hatte, und rief erstaunt: „Ja, warum schreibt der Bursche denn atonal, obwohl ihm doch wirklich was eingefallen ist?"

Ein Sinfonieorchester probte eine Komposition von Arnold Schönberg. Die Musiker machten aus ihrer Abneigung kein Hehl. Gelassen erklärte der Komponist: „In fünfzig Jahren wird man meine Musik überall aufführen und verstehen."

Darauf entgegnete ein Musiker ironisch: „Und warum müssen wir sie dann heute schon spielen?"

Der zu seiner Zeit avantgardistische ungarische Komponist Béla Bartók war lange sehr umstritten. Bei den Konzerten, in denen er als Pianist mit eigenen Werken auftrat, kam es häufig zu leidenschaftlichen Auseinandersetzungen zwischen seinen Anhängern und Gegnern. Während sich das Publikum in die Haare geriet, blieb Bartók selbst ruhig und überlegen. Befriedigt meinte er: „So leidenschaftlich muß das Publikum sein, ob voller Hingabe oder voller Entrüstung."

In Wien wurde Alban Bergs expressionistische Oper *Wozzeck* einstudiert. Nach der ersten Orchesterprobe prophezeite ein Musiker: „Bei dieser Oper wird die Direktion nach dem ersten Akt unbedingt neue Freikarten ausgeben müssen!"

Bei der Erstaufführung von Alban Bergs Oper *Wozzeck* an der Wiener Staatsoper gab es während des ersten Aktes plötzlich einen Knall. Man wußte nicht, ob ein Scheinwerfer geplatzt oder ein Opernglas heruntergefallen war. In der Pause meinte dann ein Musiker: „Was kann's schon gewesen sein? Da ist einfach jemandem die Geduld geplatzt!"

Paul Hindemith emigrierte während der Zeit des Nationalsozialismus nach Amerika. Dort besuchte ihn ein junger avantgardistischer Komponist und spielte ihm die Tonbandaufzeichnung eines seiner elektronischen Werke vor. Einige Zeit hörte Hindemith geduldig zu, dann erkundigte er sich: „Ist das Ihr letztes Werk?"

„Nein", erwiderte der junge Mann.

Trocken erklärte Hindemith: „Schade!"

Nach seiner Emigration in die Vereinigten Staaten gab Ernst Křenek ein Konzert mit eigenen Werken. Während des Klavierkonzertes, eines expressiven Werkes mit aggressiven atonalen Klangwirkungen, rief eine ältere Dame erschüttert: „Mein Gott, das müssen ja jetzt ganz schreckliche Zustände in Europa sein!"

Der für seinen beißenden Spott bekannte englische Dirigent Sir Thomas Beecham war ein Gegner der avantgardistischen Moderne. In Anspielung auf die akustischen Mängel des großen Londoner Konzerthauses der Royal Albert Hall, zu denen vor allem ein sehr störendes Echo gehörte, riet er den modernen Komponisten, ihre Werke dort uraufführen zu lassen: „Das ist nämlich die einzige Chance für sie, ihre Werke zweimal zu hören!"

Hermann Scherchen probte in Berlin ein schwieriges modernes Werk mit häufigen Taktwechseln. Nachdem die Kontrabässe eine längere Pause hatten, verpaßten sie ihren Einsatz. Darauf meinte Scherchen spöttisch: „Na, meine Herren, was tut man in solchen Fällen? Man zählt die Takte!"

Prompt antwortete einer der Kontrabassisten: „Nein, man gibt den Einsatz!"

Der Komponist Paul Dessau besuchte in Berlin ein Konzert, bei dem ein modernes Werk von Pierre Boulez aufgeführt wurde. Da das Stück vor allem für Schlaginstrumente, insbesondere für Vibraphon geschrieben war, meinte Dessau nach der Aufführung in Anspielung auf die berühmte Komposition *Prélude à l'Après-midi d'un faune (Nachmittag eines Fauns)* von Claude Debussy: „Dieses Werk müßte eigentlich ‚Nachmittag eines Vibraphons' heißen!"

Ein avantgardistischer Komponist erhielt von seinem Verleger eine goldene Armbanduhr geschenkt. Als sich die beiden nach einiger Zeit wiedersahen, beklagte sich der Komponist: „Die Uhr geht leider nicht."

Schlagfertig antwortete der Verleger: „Gehen vielleicht Ihre Werke?"

Ein junger österreichischer Komponist der Avantgarde wurde von den Wiener Philharmonikern eingeladen, eines seiner Werke zu dirigieren. Am Tage nach dem Konzert wurde einer der Musiker nach seinem Urteil befragt. Die höfliche Antwort lautete: „Na ja, ein musikalisches Ereignis war es nicht, aber eine sehr sympathische menschliche Begegnung."

Wenn Sie uns schikanieren, spielen wir so, wie Sie dirigieren …

Orchesterpodium und Konzertsaal

Große Orchester und Kammermusikensembles sind in der Regel traditionsreiche Klangkörper, aber auch Tanz- und Show-Orchester sowie Jazz- und Popformationen sind meistens organisch gewachsene Teams. Die Mitglieder arbeiten oft jahre- oder sogar jahrzehntelang zusammen. Daraus entwickelt sich ein breites Spektrum kollegialer Beziehungen, das von der Freundschaft und Interessengemeinschaft bis zur Gegnerschaft und Konkurrenz reicht. Bei der Vielfalt der eigenwilligen Künstler-Individualitäten und der Fülle gemeinsamer Proben- und Aufführungserlebnisse sind das Orchesterpodium und der Konzertsaal ein besonderer Nährboden für Musiker-Anekdoten. Die Probenarbeit mit verschiedenen Dirigenten von unterschiedlichem Temperament sowie Aufführungspannen und Publikumsreaktionen sorgen für eine Vielzahl anekdotischer Begebenheiten.

Orchestermusiker haben einen eigenen, trockenen Humor, der häufig nicht frei von Bosheit ist. Kein Wunder also, wenn bei solchen aufeinander eingeschworenen Musikerteams ein Neuling, sei es als Nachwuchsmusiker, Gastdirigent, Gesangs- oder Instrumentalsolist, kritisch unter die Lupe genommen wird und Mühe hat, sich durchzusetzen. Nicht selten tragen auch witzige Bemerkungen und ironische Bonmots dazu bei, die meist sehr angespannte Arbeitsatmosphäre aufzulockern und kollegiale Konflikte zu entspannen.

Georg Friedrich Händel hielt sich einige Tage in der alten englischen Stadt Chester auf und suchte dort für eine Probe zu einem Oratorium, an dem er gerade arbeitete, einen geschulten Chorsänger, der vom Blatt singen konnte. Es meldete sich ein Buchdrukker, der eine schöne Baßstimme hatte, aber völlig danebensang. Voller Zorn schrie Händel: „Du Schuft, sagtest du nicht, du könntest vom Blatt singen?"

„Das kann ich auch", beteuerte der Buchdrucker, „aber nicht gleich beim ersten Mal!"

Joseph Haydn dirigierte eines seiner Cellokonzerte. Der Solist improvisierte eine Kadenz, die kein Ende nahm, durch alle Tonarten wanderte und bei der er das Thema vollkommen vergessen zu haben schien, bis endlich doch der obligate Schlußtriller kam. Erleichtert atmete Haydn auf und rief dem Cellisten zu: „Herzlich willkommen daheim!"

Während seines Wirkens als Domorganist in Linz übernahm Anton Bruckner die Leitung eines Gesangvereins und widmete sich dieser Tätigkeit mit großer Hingabe. Besonderen Wert legte er auf das *piano*. Die Sänger konnten noch so zurückhaltend sein, er fand es immer zu laut. Einmal, als er eine *pianissimo*-Stelle schon mehrmals abgeklopft hatte, vereinbarten die Sänger, das nächste Mal an dieser Stelle zu schweigen. Beglückt rief Bruckner, dessen innere Klangvorstellung nun ungestört blieb: „So war's wunderschön!"

Nach langem Zögern hatten die Wiener Philharmoniker unter der Leitung von Wilhelm Jahn eine Bruckner-Sinfonie aufs Programm gesetzt und den Komponisten zur Probe eingeladen. Dabei gab es eine Unklarheit, ob Bruckner E- oder Es-Hörner verwendet wissen wollte. Ärgerlich wandte sich Jahn an den

Komponisten: „Nun, Herr Bruckner, was soll's denn sein, E oder Es?"

Eingeschüchtert meinte Bruckner, der befürchtete, daß man sein Werk wieder vom Programm streichen könnte: „Ganz wie Sie wollen, Herr Direktor Jahn, ganz wie Sie wollen!"

Anton Bruckner war von den Wiener Philharmonikern eingeladen worden, eine seiner Sinfonien zu dirigieren. Schüchtern stand er vor dem Orchester und wagte es nicht, den Einsatz zu geben. Schließlich ermunterte ihn der Konzertmeister: „So fangen S' doch an!" Bescheiden erwiderte Bruckner: „Nach Ihnen, meine Herren, nach Ihnen!"

Bei der Probe zu einem Konzert, in dem ein Hornsolo vorkam, unterbrach Hans von Bülow und rief dem Hornisten zu: „*forte*!" Der Hornist blies stärker, aber Bülow unterbrach erneut und rief wieder: „*forte*!"

Der Hornist blies noch lauter. Das wiederholte sich mehrmals, bis der Hornist, vor Anstrengung schon ganz rot im Gesicht, atemlos beteuerte: „Ich kann beim besten Willen kein stärkeres *fortissimo* blasen."

Gelassen entgegnete der Dirigent: Ich sagte dauernd, Sie sollen *forte* blasen, nicht *fortissimo*!"

Der Komponist Antonín Dvořák dirigierte einmal eines seiner Orchesterwerke und versank dabei so ins Träumen, daß sein Taktschlagen immer ungenauer wurde. Bevor es zu einem Fiasko kam, rettete der Konzertmeister geistesgegenwärtig die Situation, indem er Dvořák vor den Augen des Publikums einen kräftigen Schlag mit dem Geigenbogen versetzte und ihn damit in die Wirklichkeit zurückholte.

Bei der Generalprobe zu einem Konzert erwies sich die Sängerin, von der Max Reger ohnedies nicht sehr überzeugt gewesen war, ihrer Aufgabe nicht gewachsen. Um den enttäuschten Meister zu beschwichtigen, beteuerte sie: „Das Konzert wird besser ausfallen." „Ja", sagte Reger, „lassen wir es besser ausfallen!"

Der Dirigent Carl Muck hatte ein untrüglich feines Gehör. Ein Orchester probte zum ersten Male mit ihm ein Konzertstück, in dem der zweite Hornist zwischen längeren Pausen zwei Takte lediglich verstärkend zu blasen hat. Bisher hatte der Hornist diese Stelle immer unterschlagen, ohne daß es je ein Kapellmeister bemerkte. Zu seiner Verblüffung klopfte Muck jedoch sofort ab und tadelte die Unterlassung. Daraufhin schrieb der Hornist in seine Stimme: „Bei Muck blasen!"

Wenige Jahre nach dem ersten Weltkrieg kam Hans Pfitzner nach Dresden, um dort sein Chorwerk *Von deutscher Seele* einzustudieren. Durch ein Mißverständnis zwischen dem Dirigenten und den Musikern entstand ein disharmonisches Durcheinander. Pfitzner klopfte ab und rief entsetzt: „Aber, meine Herren, das klingt ja ganz abscheulich!"

Darauf erklärte ein Orchestermusiker im reinsten Sächsisch: „Mein Godd, so sieht's äben jetz aus in der daitschen Sähle!"

Hans Pfitzner dirigierte als Gast die Wiener Philharmoniker. Auf dem Programm stand die vierte Sinfonie von Beethoven. Bei der ersten Probe wollte die heikle Fagottstelle einfach nicht klappen. Unnachgiebig ließ Pfitzner die Stelle mehrmals wiederholen, bis er endlich zufrieden und erleichtert ausrief: „Fagott sei Dank!"

Richard Strauss studierte mit den Berliner Philharmonikern seine *Alpensinfonie* ein. Nach dem Gewitter, während in der Ferne der Donner verhallte und der Regen nur noch leise tröpfelte, fiel beim zartesten *piano* dem Konzertmeister der Bogen aus der Hand. Strauss klopfte ab und sagte schmunzelnd: „Warten wir einen Augenblick, meine Herren, der Konzertmeister hat seinen Regenschirm verloren."

Der französische Dirigent Pierre Monteux studierte mit einem berühmten amerikanischen Sinfonieorchester *Till Eulenspiegels lustige Streiche* von Richard Strauss ein. Die Probe verlief ohne Zwischenfälle, aber trotzdem war Monteux nicht zufrieden. Die Wiedergabe war ihm zu glatt und routiniert. Er schüttelte den Kopf, lächelte höflich und meinte dann: „Ich weiß, meine Herren, daß Sie dieses Stück fast im Schlaf und sogar rückwärts spielen könnten, aber so will ich es nicht."

Wilhelm Furtwängler hatte die Angewohnheit, den Einsatz beim Dirigieren zu geben, indem er den Oberkörper einige Male hin und her wiegte und gleichzeitig mit der Spitze des Taktstockes blitzschnell durch die Luft zuckte. Für Orchester, die diese eigenartig fahrigen Bewegungen nicht gewöhnt waren, wurde so der Einsatz zum Problem. Deshalb fragte der Konzertmeister eines Orchesters, das Furtwängler als Gast dirigierte, verzweifelt: „Bitte, verehrter Meister, bei welchem Zacken Ihres Blitzes sollen wir einsetzen?"

In Wien verschlief Wilhelm Furtwängler einmal den Beginn eines philharmonischen Nachmittagskonzertes. Zehn Minuten zu spät eilte er mit großen Schritten die Treppe zum Konzertsaal hinauf und überholte dabei eine ältere Dame, die ihn besorgt fragte: „Hat das Konzert schon begonnen?"

Eilig rief Furtwängler zurück: „Ja, schon vor zehn Minuten!"

Der Dirigent Hans Knappertsbusch war dafür bekannt, daß er Proben haßte. Eines Morgens erschien er zur Probe einer Beethoven-Sinfonie und erklärte dem Orchester: „Sie kennen das Werk, ich kenne das Werk. Auf Wiedersehen heute abend!"

Einmal ließ sich Hans Knappertsbusch von den Berliner Philharmonikern dazu überreden, Beethovens dritte Sinfonie zu proben, da der dritte Hornist neu war und noch nie unter ihm gespielt hatte. Mißmutig gab Knappertsbusch das Zeichen zum Einsatz, ließ aber beim Wiederholungszeichen weiterspielen, da er Zeit sparen wollte und alles gut geklappt hatte. Am Abend beim Konzert waren sich dann aber die Musiker unschlüssig, ob sie beim Wiederholungszeichen wiederholen oder weiterspielen sollten wie bei der Probe. Einige wiederholten, andere spielten weiter. Wenige Takte lang war die Situation bedenklich, bis sich das Orchester wieder gefunden hatte. Wütend über das Mißgeschick, zischte Knappertsbusch dem Konzertmeister zu: „Das kommt von der Scheißprobiererei!"

Der berühmte Pianist und Liedbegleiter Gerald Moore war für einen Liederabend mit Dietrich Fischer-Dieskau angekündigt. Da Moore plötzlich erkrankte, mußte schnell ein Ersatz verpflichtet werden. Es war ein ehrgeiziger junger Pianist, der so energisch in die Tasten griff, daß er den Gesang fast übertönte. Nach dem Konzert schüttelte Fischer-Dieskau dem Pianisten die Hand und sagte: „Ich danke Ihnen, junger Mann, daß ich die Ehre hatte, Ihren äußerst eindrucksvollen Klaviervortrag mit einigen Liedern begleiten zu dürfen."

Ein ehrgeiziger junger Dirigent tadelte während einer Orchesterprobe einen Hornisten: „Sie müssen das ausdrucksvoller, leidenschaftlicher, heroischer, strahlender, gewissermaßen pathetischer spielen und sozusagen…"

„Ich verstehe", unterbrach ihn der Hornist, „Sie meinen, ich soll lauter blasen."

Ein Musiker der Wiener Philharmoniker wurde einmal gefragt, was der Gastdirigent des nächsten Konzertes dirigieren wird. „Was er dirigieren wird, weiß ich nicht", erklärte der Befragte, „wir jedenfalls spielen die dritte Sinfonie von Beethoven."

Ein junger Dirigent gastierte bei den Wiener Philharmonikern. Nach dem Konzert um sein Urteil befragt, erklärte der Konzertmeister: „Es war angenehm, mit ihm zu arbeiten. Er hat den Einsatz gegeben und dann keinen nennenswerten Widerstand mehr geleistet."

Der Dirigent Rudolf Kempe war während einer Orchesterprobe mit einem Bläser nicht zufrieden. Nach wiederholtem Abklopfen rief er ärgerlich: „Die Stelle hab' ich aber wirklich schon besser gehört!" Leicht gekränkt protestierte der Musiker: „Aber nicht von mir!"

Ein Gastdirigent probte für ein Sinfoniekonzert. Mit einem Klarinettisten hatte er besondere Mühe, bis dieser nach zahlreichen Wiederholungen eine schwierige Passage endlich so spielte, wie es sich der Dirigent vorgestellt hatte. „Bravo, mein Lieber", lobte er ihn, „genauso müssen Sie das heute abend im Konzert spielen."

Darauf erwiderte der Klarinettist: „Das geht leider nicht, Herr Kapellmeister, denn heute abend spielt mein Kollege."

Ein eitler junger Dirigent soll einmal in die Stimme der dritten Posaune heimlich ein kleines Kreuz hineingeschrieben haben. Um sich seines Gehörs rühmen zu können, unterbrach er dann die Probe und rügte den dritten Posaunisten, daß er Cis statt C gespielt habe. „Ich habe kein Cis gespielt", verteidigte sich der Posaunist. „Irgendein Idiot hat in meinen Noten vor das C ein Kreuz gesetzt, aber ich habe trotzdem C gespielt, denn ich kenne dieses Stück auswendig."

Ein übermäßig ehrgeiziger junger Dirigent war bei der Probe nie zufriedenzustellen. Er klopfte ständig ab und hatte an jedem Musiker etwas auszusetzen. Schließlich drohte der Konzertmeister gereizt: „Wenn Sie uns schikanieren, spielen wir so, wie Sie dirigieren!"

Ein Mitglied der Wiener Philharmoniker erzählte seinem Kollegen: „Stell dir vor, was mir passiert ist: Ich träumte, wir spielen Beethovens sechste Sinfonie. Es klang wundervoll, und ich fühlte mich wie im Himmel. Dann wachte ich auf – und wir spielten tatsächlich die *Pastorale*!"

Willy Boskovsky probte für das traditionelle Neujahrskonzert der Wiener Philharmoniker. In dem Walzer *G'schichten aus dem Wienerwald* von Johann Strauß bläst das Horn einen Jagdruf, dem dann das Echo folgt. An dieser Stelle kickste der Hornist, und erst das Echo war sauber. Boskovsky unterbrach und erklärte: „Das geht nicht, mein Lieber! Wenn du schon den Jagdruf kickst, dann mußt du auch das Echo kicksen!"

An Ihrer Stelle würde ich nicht so halbnackt auftreten…

Musiktheater und Show

Das Theater ist vor und hinter den Kulissen eine ganz eigene Welt, in der man nach besonderen Regeln und Gesetzen lebt. Für das Publikum existiert diese Welt nur im Scheinwerferlicht mehr oder weniger festlicher Aufführungen. Es bewundert den Glanz und die Perfektion der künstlerischen Illusion. Wieviel Mühe und Arbeit aufgeboten werden müssen und was für ein enges Zusammenwirken der verschiedensten Aufgabenbereiche nötig ist, um eine Vorstellung zu realisieren, sei es Oper, Operette, Musical, Revue oder eine moderne Musik-Show, das bleibt dem Publikum verborgen.

Noch stärker als auf dem Konzertpodium prallen im Theater die Gegensätze der Individualitäten aufeinander, denn hier ist zu Proben und Aufführungen, oft vom Morgen bis in die Nachtstunden, eine große Zahl von Künstlern, Handwerkern, Technikern und Hilfskräften aller Art – Musiker, Sänger, Dirigenten, Schauspieler und Tänzer, Regisseure, Dramaturgen, Inspizienten, Maler, Dekorateure, Kostüm- und Maskenbildner, Requisiteure, Beleuchter, Bühnentechniker und Verwaltungsangestellte – auf verhältnismäßig engem Raum versammelt, um den nicht selten Tag für Tag wechselnden Spielplan erfolgreich zu bewältigen. Das bedarf eines hohen Maßes an Disziplin und Gemeinschaftsgeist, denn jeder ist auf die Mitwirkung des anderen angewiesen, wenn alles im wahrsten Sinne des Wortes gut über die Bühne gehen und das Ganze ein Erfolg werden soll.

Dieses notwendige Zusammenwirken aller Beteiligten ist bei so ausgeprägten Individualisten nicht immer leicht, denn Einreihung und Unterordnung geschehen nicht aus Selbstlosigkeit. Gerade am Theater ist der Konkurrenzkampf um die Gunst des Publikums, um Erfolg, Anerkennung und Ruhm besonders hart und zwingt zu täglich neuem Einsatz aller Kräfte.

Francesca Cuzzoni war eine der großen Primadonnen der Barock-Oper. Ihre Starallüren und Boshaftigkeiten waren gefürchtet. Es konnte nicht ausbleiben, daß sie während ihres langen Wirkens in London mit Georg Friedrich Händel, dem Beherrscher der Londoner Oper, in Streit geriet.

Während einer Probe zu seiner Oper *Ottone* war die Cuzzoni wieder einmal in äußerst gereizter Stimmung und widersetzte sich den Anweisungen des Komponisten. Als Händel daraufhin in Zorn geriet, weigerte sie sich, überhaupt zu singen. Es kam zu einer temperamentvollen Auseinandersetzung, in deren Verlauf der hünenhafte Händel die schmächtige Primadonna packte und zu einem Fenster trug. Er drohte, sie hinabzustürzen, wurde aber durch das Eingreifen einiger Anwesender daran gehindert.

Wütend setzte Händel die Sängerin wieder ab und schrie: „Ich weiß sehr wohl, daß Sie der leibhaftige Teufel sind – aber glauben Sie mir, ich bin Beelzebub, der Herr aller Teufel, und hier geht es nur nach meinem Willen!“

Zu Tode erschrocken, gab die Cuzzoni nach und sang.

Christoph Willibald Gluck war der Oper leidenschaftlich verfallen und verabscheute jede Disziplinlosigkeit. Während seines Wirkens als Hofkomponist und Hofkapellmeister in Wien soll einmal ein Orchestermusiker bei einer Opernprobe vom Bühnengeschehen so gebannt gewesen sein, daß er alles andere um sich vergaß und zu spielen aufhörte. Da schlich Gluck zu ihm und zwickte ihn so fest in die Wade, daß der Musiker mit einem lauten Schrei sein Instrument fallenließ.

Bei einer Probe zur Uraufführung von Mozarts *Don Giovanni*, zu deren Vorbereitung der Komponist nach Prag gereist war, mußte eine Szene mehrfach wiederholt werden, weil es der Darstellerin der Zerlina nicht gelang, hinter den Kulissen überzeugend und zur rechten Zeit um Hilfe zu rufen, um sich von den Zudringlichkeiten Don Giovannis zu befreien. Alle Belehrungen waren erfolglos, der Hilferuf kam entweder zu spät oder zu leise und war vor allem nicht natürlich genug.

Da sprang Mozart vom Orchester auf die Bühne, ließ die Szene nochmals wiederholen und verschwand hinter den Kulissen. Da ertönte im richtigen Augenblick ein entrüsteter weiblicher Aufschrei. Mozart hatte die Sängerin mit einem festen Griff um die Hüften gepackt.

Carl Maria von Weber war bei einer Probe zu seiner Oper *Oberon* mit dem Tenor, der die Partie des Hüon sang, nicht zufrieden. Er versuchte, sein Mißfallen in höfliche Worte zu kleiden: „Es tut mir aufrichtig leid, daß Sie sich so viel Mühe geben ..."

„Oh, es ist mir eine Ehre", erwiderte geschmeichelt der Sänger.

„Ich meine", fuhr Weber unbeirrt fort, „daß Sie sich so viel Mühe geben, Noten zu singen, die gar nicht dastehn!"

Richard Wagner leitete an der Wiener Hofoper eine Probe zu *Lohengrin* und war dabei von dem vollen und warmen Klang der Streicher so hingerissen, daß er ausrief: „Sie spielen das viel schöner, als ich es komponiert habe!"

Bei der Aufführung legte Wagner im Vorspiel zum dritten Akt den Taktstock zur Seite und lauschte beglückt dem Orchesterklang. Als stürmischer Beifall ausbrach, meinte er: Es scheint so, als ob es dem Publikum besser gefällt, wenn ich nicht dirigiere."

Hans von Bülow probte eine Chorszene der Oper *Die Hugenotten* von Giacomo Meyerbeer. Plötzlich unterbrach er die Probe und rief zur Bühne hinauf: „Aber meine Herrschaften, gestikulieren Sie doch bitte nicht so wild beim Singen, wir spielen *Die Hugenotten* und nicht ‚Die Hottentotten'!"

Während einer Opernprobe brachte eine als Gast engagierte Sängerin, deren Intonation sehr unrein war, den Dirigenten Hans von Bülow zur Verzweiflung. Schließlich klopfte er ab und bat mit geheuchelter Höflichkeit: „Gnädige Frau, würden Sie so gütig sein, uns Ihr a anzugeben!“

An der Wiener Hofoper wurde ein neues Werk einstudiert. Der Klarinettist hatte mit einer heiklen Passage Schwierigkeiten. Hans Richter klopfte ab und sang ihm die Stelle vor. Als es wieder nicht klappte, sang ihm der Dirigent die Stelle noch einmal vor. Beim dritten Mal verlor er die Geduld und fragte höhnisch: „Sie hören mich wohl gerne singen?“

Hans Richter probte Wagners Oper *Tristan und Isolde*. Da ihm Isoldes Liebestod nicht ekstatisch genug war, unterbrach er die Probe und rief ins Orchester: „Ihr spielt wie brave Ehemänner; aber ihr müßt spielen wie Liebhaber, wie wilde, leidenschaftliche Liebhaber!“

In Anwesenheit von Richard Strauss wurde in Dresden die Uraufführung seiner Oper *Elektra* vorbereitet. Bei einer Orchesterprobe sagte der Komponist zu dem Dirigenten Ernst von Schuch: „Die erste Trompete hat f statt fis geblasen.“

„Was wollen Sie denn?“ fragte Schuch erstaunt. „F ist doch richtig.“

Energisch beharrte Strauss: „Nein, er muß fis blasen!“

Da zeigte Schuch auf die Partitur: „Schauen Sie her, hier steht eindeutig f.“

Strauss überzeugte sich und brummte dann: „Des is halt a Druckfehler. Aber des müssen S’ doch hör’n, daß des a Sauerei is!“

Seelenruhig erwiderte Schuch: „Natürlich habe ich gehört, daß das eine Sauerei ist; aber daß es falsch ist, das habe ich nicht gewußt.“

Der Wiener Volksschauspieler und Operettensänger Alexander Girardi war ein Nachtmensch und pflegte morgens gern lange zu schlafen. Als Carl Millöcker die Hauptprobe zu seiner Operette *Der Bettelstudent* für zehn Uhr vormittags angesetzt hatte, kam Girardi mehr als zwei Stunden zu spät. Ärgerlich rief Millöcker: „An Ihrer Stelle wäre ich überhaupt nicht gekommen!"

Im Brustton der Überzeugung entgegnete Girardi: „Sie vielleicht schon, aber i hab' a Pflichtgefühl, i kumm!"

Der Dirigent Felix Mottl hatte ein besonderes Talent für anschauliche Erklärungen. Bei den Proben zur Münchner Erstaufführung der Oper *Salome* von Richard Strauss war ihm ein leiser Triangelschlag immer wieder zu kräftig und grob.

Die Prinzessin Salome verspricht dem jungen Hauptmann Narraboth eine kleine Blume als Zeichen ihrer Zuneigung, wenn er die Zisterne öffnet, in der Jochanaan gefangen ist. Dazu erklingt ein Triangelschlag, den Mottl folgendermaßen erklärte: „Stellen Sie sich vor, es ist eine schwüle orientalische Nacht. Die Prinzessin Salome wird in einer Sänfte getragen. Leise schiebt sich eine schlanke weiße Hand vorsichtig aus der verhängten Sänfte und läßt behutsam eine kleine Blume fallen; eine kleine Blume – aber keinen Radi!"

Auf dem Spielplan der Wiener Staatsoper stand Beethovens *Fidelio*. Einige Stunden vor der Aufführung erhielt der Dirigent Franz Schalk die Nachricht, daß der Sänger des Florestan erkrankt sei und nicht auftreten könne. „Was fehlt ihm denn?" erkundigte sich Schalk.

„Er soll Hirnhautentzündung haben."

„Merkwürdig", meinte Schalk, „das kann ich mir bei einem Tenor gar nicht vorstellen!"

An der Wiener Staatsoper wurde unter der Leitung von Franz Schalk *Samson und Dalila* von Camille Saint-Saëns einstudiert. Nach der Hauptprobe ging die Darstellerin der Dalila in die Schneiderei und beschwerte sich: „Mit diesem Kostüm kann ich den Samson nicht verführen!" Daraufhin erhielt sie ein gewagtes Schleiergewand, das Franz Schalk bei der Generalprobe sichtlich irritierte. In der Pause erklärte er der Sängerin: „An Ihrer Stelle würde ich nicht so halbnackt auftreten!"

Lachend entgegnet sie: „Das glaube ich Ihnen gern, Herr Direktor!"

Der Heldentenor Heinrich Knote brauchte besonders lange zum Einstudieren seiner Partien. Als ihn einmal ein Freund in seinem Haus am Starnberger See besuchen wollte, hörte er, daß Knote an der Partie des Tristan arbeitete. Erstaunt fragte er das öffnende Hausmädchen: „Der Herr Kammersänger studiert den Tristan doch schon seit Wochen, kann er die Rolle denn immer noch nicht?"

Darauf erklärte das Hausmädchen verzweifelt: „Ich kann die Partie, die Frau Knote kann die Partie, die Nachbarn können die Partie, und auch unser Dackel kann die Partie – nur der Herr Kammersänger kann sie immer noch nicht!"

Enrico Caruso gastierte in Puccinis Oper *La Bohème* am Münchner Nationaltheater. Eine Kulisse fiel um und streifte den Sänger so hart am Kopf, daß er sich hinlegen mußte. Der Theaterarzt wurde geholt, aber der Unfall erwies sich als harmlos, und Caruso konnte weiterspielen.

Als sich der Intendant von seinem Schrecken erholt hatte und nach der Vorstellung erleichtert das Theater verließ, meinte der alte Pförtner: „Herr Intendant, wenn der Caruso invalid geworden wär', hätten wir ihn totschlagen müssen, denn eine lebenslange Rente hätten wir ihm nicht zahlen können."

Der für seinen Sarkasmus bekannte Hans Pfitzner probte seine Oper *Das Christ-Elflein.* Nach dem Textbuch sang die junge Hauptdarstellerin: *„Ich bin ja so dumm!“*

Da rief Pfitzner zur Bühne hinauf: „Mein Fräulein, bitte nicht so überzeugend!“

Der diktatorische Arturo Toscanini hatte wieder einmal Streit mit einem Sänger. Wütend schrie er ihn an: „Ich weiß, es ist das Vorrecht der Tenöre, dumm zu sein. Aber Sie, mein Herr, mißbrauchen Ihre Rechte!“

Der Komponist Franz Lehár fuhr nach Budapest, um dort an den Proben zu seiner Operette *Die lustige Witwe* teilzunehmen. In der Pause nach dem zweiten Akt sah er hinter den Kulissen eine weinende junge Chorsängerin stehen. Mitleidig fragte er nach dem Grund ihres Kummers. Schluchzend gestand sie ihm, daß sie das dramatische Finale des zweiten Aktes so erschüttert habe. Geschmeichelt schenkte ihr der Komponist zum Trost eine große Schachtel Pralinen. Daraufhin, so erzählte Franz Lehár, sollen am nächsten Tag nach dem zweiten Akt zehn in Tränen aufgelöste junge Chorsängerinnen hinter der Bühne gestanden und auf ihn gewartet haben.

Sir Thomas Beecham leitete in London eine Aufführung von Beethovens *Fidelio.* Rechtzeitig hatte sich ein Trompeter hinter die Kulissen begeben, um von dort das Trompetensignal der dritten *Leonoren*-Ouvertüre zu blasen. Beecham gab den Einsatz, aber das Signal blieb aus. Auch der zweite Einsatz blieb ohne Erfolg.

Später stellte sich dann heraus, daß ein übereifriger Feuerwehrmann den Musiker hinter den Kulissen entdeckt und ihm die Trompete mit den Worten entrissen hatte: „Was fällt Ihnen ein,

Sie können doch hier nicht einfach während einer Opernaufführung Trompete blasen!"

Der Dirigent Bruno Walter war nur schwer zufriedenzustellen. Solange nicht das Maß an Vollkommenheit erreicht war, das er sich vorstellte, sagte er: „Ich bin noch nicht ganz glücklich."

Das sprach sich bald im ganzen Opernhaus herum, und als die Musiker nach einer Probe nach Hause gingen, erkundigte sich eine Putzfrau teilnahmsvoll: „Na, ist er schon ganz glücklich?"

Leonard Bernstein probte zum ersten Male mit den Wiener Philharmonikern. Da dieses Orchester auch die Aufführungen der Wiener Staatsoper bestreitet, wechseln die Dienstzeiten der verschiedenen Musikern sehr häufig. Es war deshalb unmöglich, Bernsteins Wunsch zu erfüllen, immer mit den gleichen Musikern zu arbeiten. Man überlegte, wie man ihm das Unvermeidliche beibringen sollte und spekulierte schließlich mit seiner Eitelkeit, indem man ihm erklärte: „Lieber Maestro, wir sind in der besonderen Lage, daß alle unsere Musiker einmal unter Ihrer Leitung spielen wollen. Sie werden verstehen, daß wir da keinen benachteiligen können!"

An der Wiener Staatsoper sang ein ausländischer Tenor als Gast den Lohengrin. Da er Schwierigkeiten mit den hohen Tönen hatte, sang er seine Partie einen halben Ton tiefer. Nach der Vorstellung fragte der Sänger den Dirigenten Knappertsbusch, ob er mit ihm zufrieden gewesen sei. Knappertsbusch nickte und meinte: „Jaja, ich habe Sie vor allem bewundert, daß Sie mit einem so miserablen Orchester singen konnten, das einen halben Ton zu hoch gespielt hat!"

Hans Knappertsbusch wurde eingeladen, in London an einem Abend die beiden Opern *Salome* und *Elektra* von Richard Strauss zu dirigieren. Darauf telegrafierte Knappertsbusch zurück: „Nur einverstanden, wenn anschließend noch *Götterdämmerung*".

Unter der Leitung von Clemens Krauss wurde am Münchner Nationaltheater Otto Nicolais Oper *Die lustigen Weiber von Windsor* geprobt. Georg Hann, der den Falstaff sang, gab sich bei der Probe keine besondere Mühe. Schließlich meinte Clemens Krauss: „Heut singen S' wie der Weiß Ferdl!"

Selbstbewußt erwiderte Hann: „I hab' gar net g'wußt, daß der Weiß Ferdl so a scheene Stimm' hat!"

Herbert von Karajan hatte an der Wiener Staatsoper Wagners *Tristan und Isolde* inszeniert. Die ganze Aufführung war in ein diffuses Dämmerlicht getaucht. Sir Rudolf Bing, der Leiter der Metropolitan Opera New York, besuchte die Vorstellung. Danach erklärte ihm Karajan, daß er achtundzwanzig Beleuchtungsproben gebraucht hätte, um diese besondere Düsternis zu erreichen.

Lakonisch entgegnete Bing: „So dunkel hätte ich es schon mit einer einzigen Probe geschafft!"

Ein Mann wollte in Wien seine Frau von der Oper abholen. Ratlos stand er vor dem schon verdunkelten Opernhaus. Deshalb wandte er sich an den Pförtner: Ich denke, die Oper soll erst um 22 Uhr zu Ende sein."

„Normalerweise schon", meinte der Pförtner, „aber heute hat Karajan dirigiert, da ist 'ne halbe Stunde früher Schluß!"

Während einer Probe an der Berliner Staatsoper bat der Regisseur den Dirigenten, das Blech etwas zurückzunehmen: „Wir wollen doch keine Toten aufwecken!"

Darauf rief der Dirigent den Bläsern zu: „Achtung, das Blech etwas leiser! Es genügt, wenn die Lebenden nicht einschlafen."

Während einer *Salome*-Probe unterbrach die Darstellerin, eine seit Jahrzehnten bewährte hochdramatische Sängerin, beim Tanz der sieben Schleier atemlos den Dirigenten und sagte vorwurfsvoll: „Herr Kapellmeister, früher haben Sie aber das Tempo viel langsamer genommen!"

Der Dirigent beteuerte: „Das täuscht, gnädige Frau, denn Sie waren früher viel schlanker!"

Ein äußerst beleibter Tenor gastierte in Dresden als Tamino in Mozarts Oper *Die Zauberflöte*. Gegen Schluß des ersten Aktes, als Tamino in Sarastros Palast eindringen will und singt *Ich wage mich mutig zur Pforte hinein*..., da klang aus der Kulisse statt *Zurück!* eine deutlich vernehmbare Stimme: „Zu dick!"

Der Tenor war sprachlos, und unter dem Gelächter des Publikums mußte der Vorhang fallen.

Der neuengagierte Dirigent eines kleinen sächsischen Stadttheaters leitete dort seine erste Orchesterprobe. Plötzlich klopfte er ab und rief: „Wo bleibt denn die dritte Klarinette?"

Prompt kam die Antwort: „Die könn' Se bei uns nich heern, wir haam nämlich nur zwee!"

Bei einer Aufführung von Beethovens *Fidelio* ging nach der Ouvertüre wegen eines technischen Defekts der Vorhang nicht auf. Unter dem Gelächter des Publiums setzten Jacquino und Marzelline hinter dem Vorhang mit ihrem Duett ein: *Jetzt, Schätzchen, jetzt sind wir allein*...

Der Intendant eines Provinztheaters protegierte ganz offensichtlich eine mittelmäßige, aber sehr attraktive Sängerin. Gegen den Willen des Dirigenten hatte er es durchgesetzt, daß sie in der Premiere von Wagners *Tannhäuser* die Elisabeth singen sollte.

Am Tage vor der Aufführung rief der Intendant den Dirigenten an und teilte ihm mit: „Soeben habe ich ein Telegramm erhalten, daß Fräulein Schmidt erkrankt ist. Wir müssen umbesetzen. Sie kann die Elisabeth nicht singen."

Mit einem Stoßseufzer der Erleichterung meinte der Dirigent: „Endlich, Herr Intendant, sehen auch Sie das ein!"

Ein junger Kontrabassist bewarb sich an der Berliner Staatsoper. Da sein Probespiel glänzend ausfiel, wurde er engagiert und noch am gleichen Abend für einen erkrankten Kollegen eingesetzt. Der erste Kontrabassist, der sich das Probespiel angehört hatte, war ebenfalls vom Können des jungen Musikers beeindruckt, störte sich jedoch an dessen übersteigertem Selbstbewußtsein.

Am Abend der Aufführung geriet der Neue im Feuer seines Ehrgeizes und aus Mangel an Erfahrung schnell aus dem Takt. Triumphierend ließ ihn der routinierte Kollege eine Weile schwimmen, bis der junge Mann verzweifelt rief: „Um Gottes willen, wo sind wir denn bloß?"

Schadenfroh kam die Antwort: „In der Berliner Staatsoper, du Schafskopf!"

Auf einer Opernprobe tadelte der Kapellmeister einen Hornisten: „Ja, guter Mann, wie blasen Sie denn?“

Kleinlaut entschuldigte sich der Hornist: „Ich weiß wirklich nicht, woran es liegt, Herr Kapellmeister. Ich blase so schön hinein, und es kommt so scheußlich heraus!“

Für eine Neuinszenierung von Wagners *Lohengrin* in Parma, einer bedeutenden italienischen Opernmetropole, stand nicht allzuviel Zeit zur Verfügung. So hatte der Regisseur mit dem Chor kaum proben können. Deshalb vereinbarte er mit den Chorsängern vor dem ersten Akt, daß er ihnen aus der Kulisse die Bewegungen vormachen würde, die sie dann nur nachzuahmen brauchten.

Und so geschah es. Nach Weisung des Regisseurs ballte der Chor die Fäuste, stampfte mit den Füßen und schlug sich an die Brust. Es klappte vorzüglich, bis dem Bassisten als König Heinrich beim hohen f seiner Ansprache die Stimme versagte. Da vergaß sich der Regisseur und schlug erschrocken die Hände über dem Kopf zusammen. Prompt vollführte der gesamte Chor auf der Bühne die gleiche Geste des Entsetzens. Das Publikum johlte vor Vergnügen, und der Vorhang mußte fallen.

Frau Opernsängerin Brandt-Söderham, bitte in Hagenow umsteigen …

Gastspiele und Tourneen

In unserem Zeitalter der weltweiten Kommunikation sind Gastspiele und Tourneen zur Selbstverständlichkeit geworden. Der Begriff des Ensembles hat an den Theatern nicht mehr die einstige Bedeutung einer ständigen Arbeitsgemeinschaft, denn die prominenten Mitglieder stehen nur selten zur Verfügung, da sie an vielen Bühnen auftreten, und die anderen müssen wiederum mit häufig wechselnden Gästen zusammenarbeiten. Stars reisen um die Welt, singen und musizieren heute hier und morgen dort und prägen damit das moderne internationale Opern- und Konzertleben. Aber nicht nur Sänger, Dirigenten und Instrumentalsolisten unternehmen Gastspiele und ausgedehnte Tourneen, sondern auch große Orchester, Kammermusikensembles und Theater. Außerdem gibt es spezielle Tourneetheater, die eigens für größere Gastspielreisen zusammengestellt werden und mit einer bestimmten Oper, einer Operette, einem Musical oder einer Musik-Show von Stadt zu Stadt und auch von Land zu Land ziehen.

Für die Musiker und Sänger sind solche Gastspiele und solistische Konzertveranstaltungen oft lukrativ. Zugleich vermitteln sie eine Fülle neuer Eindrücke und Erfahrungen, fördern die Popularität und stärken das künstlerische Selbstbewußtsein. Welcher Künstler liebt es nicht, überall als prominenter Gast angekündigt und bewundert zu werden. Erst wenn man als internationaler Star ständig von Kontinent zu Kontinent eilt und sein Leben in Hotels verbringt, verlieren Gastspiele und Tourneen ihren Reiz und werden zur Berufsroutine.

Unter Kollegen erzählen Musiker und Sänger gern von ihren Reisen und ihren Auftritten unter oft primitiven oder zumindest ungewöhnlichen Bedingungen. Im Musikerjargon spricht man bei derartigen Auftritten und Nebenverdiensten von „mucken" oder „tingeln". Zwangsläufig ergeben sich dabei viele abenteuerliche Erlebnisse und heitere Zwischenfälle.

Carl Maria von Weber gab in einer kleinen Residenzstadt einen Klavierabend. Das Konzert war schlecht besucht. Der Buchhändler des Städtchens versuchte Weber zu trösten: „Verehrter Meister, ärgern Sie sich bitte nicht über das geringe Interesse. Ich kenne die Stadt ganz genau. Als ich vor zwanzig Jahren hierher kam, haben die Leute noch gebellt!"

Eine Pianistin gab sich auf ihrer Konzerttournee als Schülerin von Franz Liszt aus. Als sie auch in Weimar, wo Franz Liszt wirkte, so angekündigt wurde, bekam sie es mit der Angst zu tun, ging zu Franz Liszt und beichtete ihm den Werbetrick ihres Agenten.

Liszt zeigte sich verständnisvoll und bat die Pianistin, ihm etwas vorzuspielen. Einige Male unterbrach er sie korrigierend, gab ihr dann auch noch Ratschläge für ihr Konzert und erklärte wohlwollend: „So, mein Kind, jetzt können Sie sich ganz beruhigt als meine Schülerin bezeichnen."

Während einer Konzertreise dirigierte Franz Liszt einmal in der Residenzstadt Altenburg. Bei der Probe klopft er ständig ab, da der Oboist viel zu laut blies. Schließlich verlor Liszt die Geduld und rief: „Können Sie nicht *piano* blasen?"

Bedauernd entgegnete der Oboist: „Wenn ich *piano* blasen könnte, wär' ich nicht in Altenburg."

Nach einer erfolgreichen Konzertreise durch Italien gab Franz Liszt in Wien ein Wohltätigkeitskonzert für die Opfer des Donauhochwassers in Budapest. Der Wiener Adel war zahlreich vertreten.

Auf einem anschließenden Empfang bei der Fürstin Metternich erkundigte sich die Gastgeberin: „Nun, verehrter Meister, wie hat Ihnen Italien gefallen, und haben Sie dort gute Geschäfte gemacht?"

„Italien ist ein herrliches Land, Durchlaucht“, erwiderte Franz Liszt mit der ihm eigenen eleganten Würde, „und ich habe dort gute Musik gemacht.“

Das Hoftheater in Schwerin hatte eine Festaufführung von Wagners *Lohengrin* angekündigt. Am Tage der Aufführung erkrankte die Sängerin der Elsa. Der Intendant wandte sich an einen Agenten in Hamburg um Hilfe. Eilig wurde Ersatz beschafft. Eine Künstlerin namens Brandt-Söderham wurde vom Agenten in den fahrplanmäßigen Zug nach Hagenow gesetzt, von wo sie dann ein Sonderzug nach Schwerin bringen sollte. In der Eile ermahnte sie der Agent beim Abschied: „Also, liebe Frau Brandt-Söderham, vergessen Sie nicht, in Büchen in den Sonderzug umzusteigen!“

Erst als der Zug den Hamburger Bahnhof verlassen hatte, fiel es dem Agenten ein, daß die Sängerin nicht in Büchen, sondern in Hagenow umsteigen mußte. Um seinen Fehler zu korrigieren, schickte er sofort Telegramme an alle Stationen, an denen der Zug hielt, und bat, die durchreisende Opernsängerin Brandt-Söderham zu benachrichtigen, daß sie nicht in Büchen, sondern in Hagenow in den Extrazug nach Schwerin umsteigen solle.

Auf der nächsten kleinen Station des Bummelzugs rannte ein Eisenbahnbeamter den Bahnsteig entlang und schrie: „Frau Opernsängerin Brandt-Söderham! Frau Opernsängerin Brandt-Söderham!“

„Ja, was ist denn?“

„Sie möchten bitte nicht in Büchen, sondern in Hagenow in den Extrazug nach Schwerin umsteigen!“

Jetzt wußte die Sängerin Bescheid, aber außer ihr wußten es nun auch alle anderen Reisenden. An der nächsten Station kam wieder ein Bahnbeamter gerannt, und dasselbe Spiel wiederholte sich an allen weiteren Stationen. Die Heiterkeit der Mitfahrenden steigerte sich von Halt zu Halt, und schließlich riefen die Reisenden im Chor: „Frau Opernsängerin Brandt-Söderham, bitte in Hagenow umsteigen!“

Karl Prill, Konzertmeister des Leipziger Gewandhaus-Orchesters und später der Wiener Philharmoniker, gab auch viele Konzerte als Solist. Über ein Gastspiel in Coburg erzählte er einmal: „Ich war ganz in mein Spiel versunken und hatte das Gefühl, einen besonders guten Tag zu haben. Da merkte ich plötzlich, daß einige Leute aufstanden und den Saal verließen. Nanu, dachte ich, so schlecht bist du doch gar nicht! Da standen immer mehr Leute auf und eilten aus dem Saal. Ich ließ mich nicht beirren und spielte schließlich ohne Publikum. Da kam der Saaldiener, klopfte mir auf die Schulter und meinte aufgeregt: ‚Herr Professor, Sie müssen aufhören! Kommen Sie schnell, es brennt im Haus!'"

Der Heldentenor Leo Slezak hatte in Wien mit großem Erfolg die Titelpartie in Giacomo Meyerbeers Oper *Der Prophet* gesungen. Wenige Tage später sang er in Berlin die gleiche Rolle. Das prachtvolle Kostüm und die Krone wurden mitgenommen.

Auf der Rückfahrt von Berlin nach Wien kam in der Nacht ein österreichischer Zöllner ins Schlafwagenabteil. Er war sehr gewissenhaft und kontrollierte das ganze Gepäck. Auch der Hutkoffer mußte geöffnet werden. Als der Zöllner die Krone sah, erstarrte er vor Schreck, nahm dienstliche Haltung an, grüßte militärisch und stammelte: „Entschuldigung, Kaiserliche Hoheit, daß ich gestört habe!"

Die Sängerin Sigrid Onegin gab ein Gastspiel in Amsterdam und übernachtete bei einer befreundeten Familie. Als sie sich am Vormittag einsang, klopfte das Stubenmädchen und fragte: „Heeft U gebeld?"

Verblüfft fragte die Sängerin: „Gebellt? Hat es so geklungen?"

Die Hausfrau erklärte ihr dann, daß das Mädchen nur gefragt habe, ob sie geläutet hätte.

Die Wiener Philharmoniker bereisten Nordamerika und Kanada. In Montreal standen Mozarts Haffner-Sinfonie und Bruckners siebente Sinfonie auf dem Programm. Carl Schuricht dirigierte. In der ersten Reihe saß eine alte Dame und strickte unentwegt. Als die Bruckner-Sinfonie begann, strickte sie immer noch. Dann kam das wundervolle *Adagio* des zweiten Satzes. Schuricht dirigierte besonders inspiriert, und die Philharmoniker musizierten wie die Engel. Es war eine Sternstunde der Musik. Und da, o Wunder, hörte die alte Dame auf zu stricken. Nach dem Konzert versicherte der Platzanweiser: „Das ist noch nie dagewesen! Die alte Dame besucht jedes Konzert, aber seit ich hier Dienst mache, hat sie noch niemals zu stricken aufgehört!“

Der Cellovirtuose Ludwig Hoelscher war auf einer Gastspielreise. Da er ein Eisenbahnabteil für sich allein hatte, wollte er die Zeit nutzen, packte sein Instrument aus und begann zu üben. Der durch den Waggon gehende Schaffner öffnete die Abteiltür und erklärte mit ernster Beamtenmiene: „Spielen können Sie meinetwegen, aber Sammeln ist hier verboten!“

Auf einer Italien-Tournee gastierte ein Kammerensemble auch in einem kleinen Ort bei Neapel. Der Konzertsaal war unzulänglich und das Publikum sehr temperamentvoll und ungeniert lärmend. Die Präsidentin des städtischen Musikvereins empfing die Musiker mit familiärer Herzlichkeit. Als das Konzert begann, plauderte das Publikum ungehemmt weiter. In der Pause wollte sich der Konzertmeister beschweren. Da erschien die Präsidentin mit südländischem Wortschwall im Künstlerzimmer und versicherte beglückt: „Wunderbar! Herrlich! Grandios! So ein stilles und aufmerksames Publikum hatten wir hier noch nie!“

Ein Wiener Streichquartett gastierte in Sizilien mit Werken von Beethoven. Die Musiker nahmen ihre Plätze ein, da flüsterte der Cellist dem ersten Geiger zu: „Mir fehlt das letzte Notenblatt!"

„Kannst du es auswendig spielen?"

„Nein!"

„Dann hören wir mit dem dritten Satz auf."

So geschah es. Und am nächsten Tag lobte die Kritik besonders das „wunderbare dreisätzige Streichquartett von Beethoven".

Ein von Wiener Philharmonikern gegründetes Oktett befand sich auf einer Italien-Tournee. In einer kleinen Stadt mußten die Musiker unmittelbar nach dem Konzert zum Bahnhof. Da kein Taxi aufzutreiben war, wurden die Instrumente auf einen Maultierkarren geladen; und weil die Zeit zum Umkleiden zu knapp war, gingen die Musiker im Frack hinter dem Karren her.

Die Passanten blieben auf der Straße stehen, neigten ehrfürchtig das Haupt und bekreuzigten sich, denn sie hielten den schweren Holzkasten der großen Baßgeige für einen Sarg und die schwarzgekleideten Musiker für trauernde Hinterbliebene.

Ein bekanntes deutsches Streichquartett war auf Amerika-Tournee. Ein reicher amerikanischer Industrieller lud das Quartett in sein Haus ein, um dort zur Geburtstagsfeier seiner Frau zu spielen. Nach dem Konzert vor zahlreichen illustren Gäste überreichte der Industrielle den Musikern einen Scheck über einen beachtlichen Betrag und fügte hinzu: „Ich danke Ihnen, meine Herren, für den musikalischen Genuß, den Sie uns bereitet haben, und hoffe, daß Sie mit diesem Scheck in die Lage versetzt werden, Ihr kleines Orchester zu vergrößern."

Ich esse doch so gerne Spargel . . .

Festspiele und Musiktourismus

Der Musik und dem Theater gewidmete Festspiele an historischen, traditionsreichen Orten haben einen ganz besonderen Reiz. Soweit der ursprüngliche Gedanke noch erhalten ist, haben Festspiele noch heute ihre Wirkung und ihren tieferen Sinn. Das Anliegen, Festspielort und Landschaft mit der Kunst zu einem Zusammenklang zu bringen und das Publikum dem Alltag zu entrücken, besinnlich und feierlich einzustimmen und somit für das Kunsterlebnis aufgeschlossener zu machen, als das bei einem normalen Theater- oder Konzertbesuch der Fall ist, hat nichts von seiner Gültigkeit verloren.

Leider gerät aber dieser ursprüngliche Gedanke, den Menschen durch die Schaffung günstiger äußerer Umstände für innere Sammlung und Hingabe aufzuschließen, immer mehr in den Sog wirtschaftlicher Interessen. So versammeln sich heute bei internationalen Festspielen vor allem diejenigen, die einem snobistischen Musiktourismus huldigen und es sich leisten können, überall dabeizusein. Da die Eintrittspreise und auch die Ausgaben für Hotels und Gaststätten ständig steigen, entwickelt sich ein elitäres Publikum ganz besonderer Art, das weniger von der Liebe zur Sache als vielmehr vom gesellschaftlichen Anspruch geprägt ist. „Man" besucht Festspiele weniger aus innerem Bedürfnis, sondern weil sie in Mode sind. Besonders wichtig ist dabei, daß es sich um eine teure und exklusive Mode handelt, die sich nicht jeder leisten kann. Auch so traditionsreiche Festspiele wie die von Bayreuth, Salzburg, Verona oder Glyndebourne haben sich von dieser Problematik moderner Festspielentwicklung bedauerlicherweise nicht freihalten können.

Zur Grundsteinlegung des Festspielhauses in Bayreuth wurde Beethovens neunte Sinfonie aufgeführt. Wagner hatte einige Mitglieder der Wiener Philharmoniker eingeladen, dabei mitzuwirken. Als die Musiker in Bayreuth eintrafen, eilte ihnen Wagner freudig entgegen und gab dem ersten zur Begrüßung einen herzhaften Kuß.

Als der Musiker diese Episode später in Wien erzählte, rief eine für Wagners Musik schwärmende ältere Dame: „Ach, wie ich Sie um diesen Kuß beneide!“

Carl Muck leitete im Bayreuther Festspielhaus eine Probe zu *Parsifal.* Auf der Bühne agierten die Blumenmädchen in Klingsors Zaubergarten, und eine von ihnen hatte zu singen: *Ich dufte süßer . . .*

Da unterbrach Muck und meinte: „Ich kann leider von hier aus nicht feststellen, wie süß Sie duften, meine Dame, aber auf jeden Fall haben Sie ein Viertel zu früh geduftet!“

Die Sänger und Musiker in Bayreuth machten sich häufig über Wagners Texte lustig und parodierten gern seine Stabreime. Einmal trafen sich in Bayreuth zwei Musiker. Da fragte der eine den anderen: „Schabest du Cello, schäbiger Schuft?“

Er erhielt die Antwort: „Nein, ich giege die Geige, geifernder Gauch!“

Ein andermal faßte ein Sänger seine Krankmeldung in die Worte: „Schlimmer schlammiger Schleim schließt mir den schlüpfrigen Schlund!“

Der Dirigent Karl Elmendorff, der viele Jahre in Bayreuth gewirkt hatte, probte nach dem Krieg in Wiesbaden einmal mit einer erfolgreichen Wagner-Sängerin, die ihn jedoch nicht überzeugte.

Deshalb meinte er: „Um Gottes willen, Sie schreien ja viel zu sehr! Übertreiben Sie nicht so, das ist ja alles nicht echt!"

Empört verteidigte sich die Sängerin: „Erlauben Sie mal, ich bin schließlich keine Anfängerin und habe sogar schon im neuen Bayreuth gesungen!"

Darauf entgegnete Elmendorff: „Im neuen Bayreuth, das mag sein – im alten Bayreuth wäre das unmöglich gewesen!"

Hans Knappertsbusch hatte eine Abneigung gegen Wieland Wagners Neubayreuther Stil. Trotzdem hielt er den Wagner-Festspielen die Treue. Als man ihn fragte, wie sich seine dortige Tätigkeit mit Wieland Wagners Bühnenreform vereinbare, knurrte er bloß: „Ach, da schau ich gar nicht hin!"

Wieland Wagner probte in Bayreuth die Oper *Rheingold* und erklärte den Sängern: „Also die Götterburg Walhall ist wie die Wallstreet ein optisches Symbol für schuldhaft erworbene Macht. Der Grundkonflikt des Werkes ist nämlich das Drama der Baufirma Fafner & Fasolt."

Als Knappertsbusch das hörte, spottete er: „Und aus dieser Riesenpleite macht Bayreuth sein Geschäft!"

Hans Knappertsbusch hielt lange Proben für überflüssig. Da Wieland Wagner jedoch für *Parsifal* in Bayreuth einige neue Sänger verpflichtet hatte, bat er den Dirigenten um einige Proben. Kopfschüttelnd meinte Knappertsbusch: „Hat man schon einmal gehört, daß ein Bischof das Episkopalamt probt?"

Der Musikkritiker einer großen englischen Zeitung besuchte die Bayreuther Festspiele und stellte nach einer Aufführung des *Parsifal* ironisch fest: „Der einzige vernünftige Mensch heute abend hier in Bayreuth war der alte Amfortas, denn der hatte klugerweise gleich sein Bett mitgebracht!"

Eine Festspielbesucherin kam in Bayreuth zu spät zu einer *Parsifal*-Aufführung. Der Türhüter verweigerte ihr den Einlaß, da der erste Akt bereits begonnen hatte. Aufgeregt beklagte sie sich laut: „O Gott, o Gott, mein Mann hat doch so viel Geld für die Karte bezahlt, und jetzt muß ich hier draußen stehen!"

Der Türhüter legte demonstrativ die Hand vor den Mund und machte leise: „Pst!"

Erstaunt fragte die Dame: „Was ist? Schlafen da drin schon alle?"

Nach einer Festspielaufführung in Bayreuth traf man sich in dem bekannten Künstlerlokal „Eule". Ein Festspielbesucher erklärte seiner Frau: „Schau, da sitzt die Mödl! Und dort der Pflanzl! Und da hinten der Greindl!"

Lachend ging sie auf seine Begeisterung ein und fragte: „Und wo sitzen der Hopfl und der Knappertsbuschl?"

Als einmal Hans Knappertsbusch und Herbert von Karajan während einer Festspielsaison in Bayreuth dirigierten, sah Knappertsbusch an einer Toilettentür des Festspielhauses ein Schild mit der Aufschrift: „Reserviert für Herrn von Karajan". Er ließ sich Kreide bringen und schrieb auf die danebenliegende Tür: „Reserviert für die übrigen Arschlöcher!"

Eine schon recht betagte Prinzessin aus dem bayerischen Königshause der Wittelsbacher besuchte eine Wieland-Wagner-Inszenierung in Neubayreuth. Danach wollte die Festspielleitung wissen, wie es der Prinzessin im Vergleich zu früher gefallen habe.

„Es war alles sehr schön", meinte die Königliche Hoheit. „Sehr schlicht und spartanisch einfach. Mein Gott, was hätte Ludwig II. damals sparen können!"

In den fünfziger Jahren wurde der Wagner-Tenor Wolfgang Windgassen zu einem Festival nach New York eingeladen. Die an den alten Wagner-Traditionen orientierten New Yorker Zeitungen waren von Windgassens Neu-Bayreuther Darstellungsstil befremdet, erwähnten jedoch lobend, daß er in den herrlichen Bühnendekorationen der Metropolitan Opera überraschend sicher agiert habe.

Was der Sänger selbst von der New Yorker Inszenierung und der dortigen Bühnenausstattung hielt, verriet er in einer an Wieland Wagner nach Bayreuth gesandten Grußkarte. Auf die Rückseite eines Szenenfotos von der New Yorker Aufführung schrieb er: „Mit den herzlichsten Grüßen von den Bühnenfestspielen an der ‚Met' aus dem Jahre 1876!"

Während eines Opernfestivals in London gastierte die berühmte Koloratursängerin Erna Berger als Königin der Nacht in Mozarts Oper *Die Zauberflöte*. Bei ihrem ersten Auftritt stand sie auf einem schwebenden Mond. Die Maschinerie schaukelte jedoch so stark, daß Erna Berger das Gleichgewicht verlor und hinter die Kulissen fiel. Da das Orchester weiterspielte, sang sie von dort aus, unsichtbar für das Publikum, beherzt ihre Arie.

Am nächsten Tag lobten die Londoner Zeitungen die Geistesgegenwart der Sängerin. Ein deutsches Boulevardblatt meldete als Schlagzeile: „Kammersängerin Erna Berger vom Mond gefallen!"

Ein ehrgeiziger neuer Regisseur probte im Salzburger Festspielhaus mit dem Sängerensemble der Wiener Staatsoper für eine Aufführung von Mozarts *Figaro*. Hartnäckig experimentierte er an einer Szene bereits über eine Stunde. Schließlich verloren die Sänger die Geduld und agierten nach altbewährter Weise. „Das ist großartig!" rief der Regisseur begeistert. „Das müssen wir festhalten und gleich noch einmal durchspielen, damit es sitzt!"

Spöttisch meinte Kammersänger Erich Kunz: „Völlig überflüssig, denn das sitzt schon seit zwanzig Jahren!"

Während der Salzburger Osterfestspiele gab Herbert von Karajan eine Autogrammstunde. Ein junger Mann war mit einem Autogramm nicht zufrieden und wollte unbedingt noch ein zweites haben. „Wohl für Ihre Freundin?" erkundigte sich Karajan.

„Nein, zum Tauschen", erklärte der junge Mann offenherzig, „für zwei Karajan bekomme ich nämlich einen Bernstein."

Die ehemals kurpfälzische Sommerresidenz Schwetzingen ist noch heute berühmt wegen ihrer großartigen Parkanlagen und ihres kostbaren Rokokotheaters, aber auch wegen des Schwetzinger Spargels. Alljährlich im Mai finden im Schloß der klassischen und modernen Oper sowie der konzertanten Musik gewidmete Festspiele statt.

„Waren Sie eigentlich schon mal bei den Schwetzinger Festspielen?" wurde einmal im Hause eines rheinischen Industriellen eine Dame beim Tee gefragt. Mit verklärtem Blick antwortete sie: „O ja, schon oft! Ich esse doch so gerne Spargel!"

Ein Besucher der Schwetzinger Festspiele, der zum ersten Mal in seinem Leben im Theater war, holte in der Pause nach dem zweiten Akt einer Barock-Oper seinen Mantel. „Wollen Sie schon gehen?" erkundigte sich bedauernd die Garderobenfrau.

„Was bleibt mir anderes übrig", meinte der Festspielbesucher, „im Programmheft steht doch ausdrücklich: Der dritte Akt spielt zwei Jahre später."

Zu einem Klavierabend während der Schwetzinger Festspiele kam ein Besucher erheblich zu spät. Leise fragte er seinen Nachbarn: „Verzeihung, können Sie mir sagen, was gespielt wird?"

Verärgert über die Störung, flüsterte der Nachbar zurück: „Klavier!"

Zu den Münchner Opernfestspielen wurde eine Neuinszenierung von Beethovens *Fidelio* gegeben. Als sich der Vorhang zum zweiten Akt öffnete, herrschte auf der Bühne totale Finsternis, aus der nur die Stimme von Hans Hopf, der den im Kerker schmachtenden Florestan sang, verzweifelt tönte: *Gott, welch Dunkel hier!*

Wie aus Erbarmen schaltete sich in diesem Augenblick die Notbeleuchtung ein.

Bei einem Konzert während des Münchner „Klaviersommers" spielte der Pianist mit dem Rücken zum Publikum. Eine alte Dame blätterte suchend im Programmheft und fragte dann ihre Begleiterin: „Ist das Chopin?"

Darauf erhielt sie zur Antwort: „Ich weiß es nicht; aber warten wir, bis er sich umdreht!"

Der junge Pressechef der Bregenzer Festspiele war zwar ein tüchtiger Werbefachmann, hatte aber vom Theater und von Musik wenig Ahnung. Da die Festspielstadt am Bodensee neben dem Musiktheater auch Schauspielaufführungen des Wiener Burgtheaters bietet, telefonierte der Pressechef im Auftrag der Festspielleitung mit der Direktion des Burgtheaters und erkundigte sich, ob dessen Mitwirkung im nächsten Jahr gesichert und welches Stück geplant sei. „Es ist alles in Ordnung", versicherte man in Wien, „und wir spielen *Was ihr wollt*".

Stolz eilte der Pressechef, der nicht wußte, daß es sich dabei um ein Stück von Shakespeare handelt, zur Festspielleitung und verkündete großspurig: „Also, das Burgtheater ist eingekauft! Die Wiener haben zugesagt und spielen, was wir wollen!"

Im Rahmen der Operettenfestspiele von Bad Ischl war auch ein Konzert mit jungen Solisten vorgesehen. Erstaunt lasen die Festspielbesucher die durch einen Druckfehler entstellte Presseankündigung: „Junge Sozialisten singen klassische Wiener Operette".

...fast ein Meisterwerk

Die Wirkung der Musikkritik

Lob und Tadel der offiziellen Musikkritik hatten früher meinungsbildende Wirkung. Der Musikrezensent einer guten Tageszeitung oder einer Zeitschrift war eine wichtige Persönlichkeit des Musiklebens. Heute verfügt die Kritik bei weitem nicht mehr über einen solchen Einfluß. Das liegt jedoch nicht daran, daß die Kritiken inkompetenter geworden wären und die Kritiker nicht mehr über die Suggestivkraft der Persönlichkeit verfügten, sondern hat vor allem gesellschaftliche Gründe. Die Überschwemmung der Öffentlichkeit mit den verschiedensten Massenmedien ist zu groß und unübersichtlich geworden. Es gibt heute so viele Zeitungen, Zeitschriften, Rundfunk- und Fernsehsendungen, daß die Einzelstimme, auch wenn sie noch so bedeutend ist, nicht mehr die einstige Wirkung hat.

Fundierte und dilettantische Kritik, gute und schlechte Kritiker hat es immer gegeben. Auch früher gab es engstirnige Rezensenten, die der Entwicklung eher hemmend im Wege standen, statt sie verständnisvoll zu fördern. Andererseits gibt es auch heute noch Kritiker, deren Wort sich wohltuend sachlich und gehaltvoll aus der Masse der Rezensionen heraushebt. Die Aufgabe der Kritik besteht heute wie einst vor allem darin, das Musikgeschehen zu dokumentieren sowie die Kompositionen und deren Interpretation und Wiedergabe zu beurteilen und darüber hinaus das Publikum an der Auseinandersetzung mit neuen Ausdrucksformen und Musikgattungen zu beteiligen.

Durch den bedauerlichen Verlust an meinungsbildender Wirkung der Musikkritik hat sich natürlich auch das Verhältnis des Künstlers zum Kritiker verändert. Er freut sich selbstverständlich über eine gute Kritik, ist aber von einem weniger guten Urteil kaum noch aus der Ruhe zu bringen. Es ist heute werbewirksamer, öfter in der Presse genannt zu werden, und sei es auch nur in der

Klatschspalte, als nur einmal lobende Erwähnung zu finden. Dagegen gab es früher ausgesprochen freundschaftliche und feindliche Verhältnisse zwischen Musikern und Kritikern, und mancher Künstler fühlte sich tief verletzt, wenn er nach seiner Meinung von der Kritik verkannt und ungerecht beurteilt wurde.

Der französische Komponist Adolphe Adam betätigte sich auch als Musikkritiker. Als er einmal über die Uraufführung der Oper eines Kollegen schreiben mußte, den er nicht kränken wollte, formulierte er seine Vorbehalte diplomatisch. Er sparte nicht mit Lob, schränkte aber zum Schluß ein: „Es ist fast ein Meisterwerk."

Darauf schrieb ihm der in seiner Eitelkeit verletzte Komponistenkollege: „Ich danke Ihnen für Ihre vortreffliche Rezension. Leider ist darin ein Wort zuviel!"

Johannes Brahms war daran gewöhnt, daß Hugo Wolf sich in seinen Kritiken nur tadelnd über ihn äußerte. Zu seiner Verwunderung las er eines Tages in einer Musikzeitschrift einen Artikel, in dem Wolf ihn lobte. Mit gespieltem Ärger warf Brahms die Zeitschrift beiseite und stellte fest: „Man kann sich auf niemand mehr verlassen. Jetzt fängt der auch noch an, mich zu loben!"

Der einflußreiche Wiener Musikkritiker Eduard Hanslick repräsentierte eine strikt konservative Kunsthaltung und war deshalb in weiten Kreisen sehr beliebt und sehr gefürchtet. Besonders Richard Wagners Musik war immer wieder Gegenstand von Hanslicks Ablehnung und Spott. Nach der Wiener Erstaufführung der Oper *Tristan und Isolde* wurde Hanslick von einem jungen Wagner-Verehrer nach seinem Urteil gefragt: „Wie hat es denn dem gestrengen Kritiker gefallen?"

„Teils gut, teils gar nicht", erwiderte Hanslick.

„Und was hat Ihnen gar nicht gefallen?" erkundigte sich der Wagner-Jünger.

Lapidar erklärte Hanslick: „Die Musik!"

Eduard Hanslick war zur Kur nach Karlsbad gefahren. Als der streitbare Kritiker gut erholt nach Wien zurückkehrte, bemerkte Joseph Hellmesberger: „Der Hanslick ist leberleidend nach Karlsbad gefahren und leider lebend zurückgekommen."

Neben Richard Wagners Werken wurde auch Anton Bruckners Schaffen von Eduard Hanslick heftig abgelehnt. Dazu meinte Bruckner einmal: „Wenn's nach dem Hanslick ginge, dann dürfte ich überhaupt nicht mehr komponieren. Aber ich erwisch' mich halt immer wieder dabei!"

Über einen Musikkritiker, der dafür bekannt war, seine Meinung immer nach dem Urteil seiner Kollegen auszurichten, spottete einmal Joseph Hellmesberger nach einer Opernpremiere: „Er gäb' bestimmt was drum, wenn er heut' schon wüßt', wie ihm morgen die Oper gefallen hat."

Ein Kritiker, dem man Bestechlichkeit nachsagte, wurde von dem Dirigenten Hans von Bülow spöttisch in Schutz genommen: „Sein Lob ist so billig zu haben, daß man ihn fast als unbestechlich bezeichnen kann."

Ruggiero Leoncavallo besuchte in einer kleinen italienischen Stadt eine Aufführung seiner Oper *Der Bajazzo.* Neben ihm saß eine hübsche junge Dame, die sich begeistert über das Werk aussprach. Da sich der Komponist unerkannt glaubte, machte er sich den Spaß, seine Oper vernichtend zu kritisieren: „Ein stümperhaftes Machwerk voll gestohlener Melodien!"

Die junge Dame, die Journalistin war und wußte, mit wem sie sprach, erkundigte sich ungläubig: „Ist das wirklich Ihre ehrliche Meinung?"

„Worauf Sie sich verlassen können!" beteuerte der Komponist und setzte seine Schmähungen fort.

Als er am nächsten Tag die Zeitung aufschlug, fand er unter der Schlagzeile „Leoncavallo über sein Werk" sein im Scherz geäußertes abfälliges Urteil.

Während seines Wirkens in München hatte Max Reger gegen große Widerstände zu kämpfen. Einer seiner Hauptgegner war ein Münchner Kritiker, der Regers Schaffen ablehnte. Deshalb veranstalteten die empörten Reger-Anhänger vor dem Haus des Kritikers eine Katzenmusik. Der Kritiker besaß jedoch Humor genug, sich in der nächsten Ausgabe seiner Zeitung für das Ständchen zu bedanken. Boshaft fügte er allerdings hinzu: „Ich nehme an, daß es sich dabei um die Probe zu einem neuen Werk von Max Reger gehandelt hat."

Ein Münchner Kritiker erklärte nach der Aufführung einer Bruckner-Sinfonie: „Nicht übel, aber viel zu lang."

Darauf erwiderte Max Reger: „Der Bruckner ist nicht zu lang, Sie sind nur zu kurz!"

Ein mittelmäßiger Kritiker brüstete sich gegenüber Max Reger, daß er Richard Wagner mit zu Grabe getragen habe. Reger antwortete höhnisch: „Der Meister war tot und hat sich nicht wehren können."

Verärgert über diesen Affront versicherte der Kritiker, daß er zu Regers Beerdigung bestimmt nicht kommen werde. Reger ließ sich nicht aus der Ruhe bringen und sagte: „Ganz wie Sie meinen; ich würde jedenfalls sehr gern zu Ihrer Beerdigung gehen!"

Einem Kritiker, der ein Werk von Max Reger verrissen hatte, schrieb der Komponist eine Postkarte mit folgendem Wortlaut: „Ich sitze gerade auf dem stillen Örtchen meines Hauses. Ich habe Ihre Kritik vor mir, aber bald werde ich sie hinter mir haben!"

Der Ärzte-Gesangverein veranstaltete ein Neujahrskonzert. Alles, was sich zur besseren Gesellschaft zählte, war anwesend.

Über das Konzert schrieb ein Kritiker: „Man hätte die ehrenwerten Herren unbedingt vorher auf die ärztliche Schweigepflicht hinweisen müssen!"

In einer deutschen Kleinstadt wurde das Chorwerk eines jungen Komponisten namens Helmut Schneider uraufgeführt. Am nächsten Tage lobte die Zeitung das Werk und schrieb: „Ein großes Talent! Den Namen Schneider wird man sich merken müssen!"

Nach einem Festkonzert mit Artur Rubinstein gab es einen großen Empfang. Auch die Presse war eingeladen. Mit einem Glas Sekt schritt der Pianist huldvoll durch die Räume und sprach hin und wieder mit einem Gast ein paar Worte. Ein Journalist, der gern ein Interview mit Rubinstein haben wollte, ging auf den Künstler zu mit den Worten: „Ich bin von der Presse..."

Rubinstein drückte sich mit freundlichem Lächeln an ihm vorbei und sagte: „Wie nett von Ihnen!"

Eine Opernsängerin, deren Leistung von der Kritik abfällig beurteilt worden war, schrieb dem Rezensenten wütend einen Brief, in dem es abschließend hieß: „Durch Ihre Darstellung haben Sie mich tief beleidigt."

Der Kritiker antwortete lakonisch: „Sie mich auch!"

In einer Konzertkritik war zu lesen: „Möge die beleibte Sängerin bald wiederkommen." Als in der nächsten Ausgabe der Zeitung entschuldigend auf den Druckfehler hingewiesen wurde, hatte sich erneut ein Druckfehler eingeschlichen, denn nun hieß es: „Möge die beliebte Sängerin bald niederkommen."

Während der Pause eines Opernkonzertes, bei dem verschiedene Künstler mitwirkten, trafen sich zwei Kritiker. Der eine meinte: „Die Sängerin, die vorhin ausgepfiffen wurde, soll hinter der Bühne einen Schreikrampf bekommen haben."

„Was," fragte höhnisch der andere, „hinter der Bühne noch einen?"

Eine Sängerin fühlte sich von einem Kritiker zu Unrecht getadelt und stellte ihn empört zur Rede: „Woher nehmen Sie die Kühnheit, über Gesang zu urteilen, wenn Sie selbst nicht singen können?"

„Gnädige Frau", erwiderte der Kritiker, „ich kann auch keine Eier legen und verstehe doch mehr von einem Omelett als eine Henne."

... das war ja bloß Musik

Stimmen aus dem Publikum

Theater und Konzert sind heute nicht mehr Privileg einer bestimmten Gesellschaftsschicht. Nicht zuletzt durch die Massenmedien und die modernen technischen Möglichkeiten der Musikwiedergabe sind heute alle Musikgattungen jedem Menschen, gleichgültig welcher sozialen Schicht, welchen Bildungsgrades und welchen Alters, zugänglich. Wenn auch einzelne Musikarten von einem bestimmten Publikum bevorzugt werden, so kann doch jeder nach seinem persönlichen Geschmack frei wählen, welche Musikveranstaltungen und -sendungen er bevorzugt und was für Schallplatten oder CDs er kauft. Natürlich gibt es immer Leute, die aus gesellschaftlichen Gründen oder aus persönlichem Ehrgeiz bestimmte Konzerte und Aufführungen des Musiktheaters besuchen, um dabeisein und mitreden zu können. In der Regel hat jedoch jede Musikart ihr spezielles Publikum und jeder Künstler seine besonderen Verehrer und „Fans".

Die zahlreichen Anekdoten über das Musikpublikum reichen von historisch überlieferten Begebenheiten bis zur Verspottung naiver und pseudo-sachkundiger Theater- und Konzertbesucher. Andererseits entlarven naive Äußerungen des gesunden Menschenverstandes oft auch hohle Kunstansprüche und übertriebene Künstlerverehrung. Außerdem findet die zudringliche Begeisterung der Anhänger, vor der Künstler ihr Privatleben schützen müssen, in vielen Episoden ihren Niederschlag.

So spiegelt die Anekdote das ganze Spektrum der vielschichtigen und differenzierten Publikumsbeziehung zur Musik, wobei begreiflicherweise besonders die skurrilen Publikumsreaktionen für humorvolle Anekdoten geeignet sind.

An einem deutschen Provinztheater wurde Wagners Oper *Tannhäuser* gespielt. Die Aufführung war sehr unzulänglich. Am nächsten Tag entdeckte man, daß die Wagnerbüste aus dem Foyer des Theaters verschwunden war. Auf den leeren Sockel hatte jemand ein Schild gestellt mit der Aufschrift: „Von der hiesigen *Tannhäuser*-Aufführung bin ich ganz weg! Richard Wagner“.

Das Wiener Operettenpublikum war einst durch aufwendige Bühnenausstattungen sehr verwöhnt. Man erwartete Schauplätze wie den Sitz der Götter auf dem Olymp, orientalische Märchenpaläste oder Plutos phantastisches Reich in der Unterwelt. Deshalb reagierte das Publikum bei der Uraufführung der *Fledermaus* von Johann Strauß enttäuscht auf das realistische Gegenwartsmilieu. Als sich der Vorhang zum dritten Akt öffnete, hörte man von der Galerie eine Stimme: „Oje, schon wieder ein Zimmer!“

Ein Wiener Verehrer der Musik von Johannes Brahms wollte den Meister persönlich kennenlernen und machte sich auf den Weg, um ihn aufzusuchen. Der Komponist war gerade im Begriff, das Haus zu verlassen, als der Besucher mit einem Wortschwall auf ihn zueilte. Brahms unterbrach ihn mit der Notlüge: „Sie irren sich, mein Herr, denn ich bin nicht Johannes Brahms, sondern sein Bruder. Er ist ausgegangen. Aber wenn Sie sich beeilen, dann können Sie ihn dort hinten auf dem Hügel bei seinem Waldspaziergang noch einholen.“

Eine Prinzessin des Meininger Hofes besuchte eine Orchesterprobe, auf der Max Reger ein eigenes Werk einstudierte. Einige Fagottstellen wurden mehrfach wiederholt. Nach der Probe fragte die Prinzessin: „Sagen Sie, geschätzter Meister, werden diese merkwürdigen Töne tätsächlich mit dem Munde hervorgebracht?“

Ohne eine Miene zu verziehen, erwiderte Reger: „Das will ich stark hoffen!"

Frau Kommerzienrat schwärmte für Enrico Caruso. Sie verstand zwar nicht viel von Gesang, aber da alle Welt den Sänger rühmte, hatte auch sie ihn zu ihrem Idol erkoren. Einer Freundin gestand sie: „Seine Stimme geht mir durch und durch, vor allem wenn er singt: ‚Lache, Boccaccio!'"

Arturo Toscanini besuchte in New York ein Wohltätigkeitskonzert des Tenors Enrico Caruso. Neben ihm saß in der Loge ein opernbegeisterter amerikanischer Finanzmann, der zum Ärger von Toscanini alle Melodien mitsummte. Demonstrativ hielt sich Toscanini die Ohren zu. Erstaunt erkundigt sich sein Nachbar: „Was haben Sie denn?"

„Ach", seufzte Toscanini, „ich bin nur wütend, weil dieser Caruso mich ständig darin hindert, Ihnen zuzuhören!"

Der Dichter Franz Werfel, der mit der Witwe von Gustav Mahler verheiratet war und mit seinen deutschen Textfassungen einiger Verdi-Opern bedeutenden Anteil an der Verdi-Renaissance der zwanziger Jahre hatte, wurde von Freunden zu einer Aufführung der Oper *Die Macht des Schicksals* eingeladen. Begeistert von Verdis Musik, sang er in der Loge die ganze Oper leise mit. Nach der Vorstellung erwähnten die Freunde, daß in der kommenden Woche *La Traviata* auf dem Spielplan stehe. Werfel erkundigte sich, ob er dazu wieder in ihre Loge kommen dürfe.

„Aber mit dem größten Vergnügen", hieß es, „denn in *Traviata* haben wir Sie noch nicht gehört."

Wilhelm Kempff gab in Berlin einen Klavierabend. Auf dem Programm standen die „Goldberg-Variationen“ von Johann Sebastian Bach. Vor Beginn des Konzertes trat der Pianist an die Rampe und erklärte dem Publikum: „Meine Damen und Herren, nach der zehnten Variation, da machen wir dann die Hustepause, ja?“

An Herbert von Karajan, der sein Publikum auch optisch zu beeindrucken versteht, rühmt man die außerordentliche Faszinationskraft. Als er zu einem seiner Konzerte mit den Berliner Philharmonikern den Taktstock hob, flüsterte eine junge Frau ihrer Nachbarin zu: „Toll, jetzt fängt er an zu faszinieren!“

Das Kurorchester in Karlsbad spielte die „Abschiedssinfonie“ von Joseph Haydn. Als ein Musiker nach dem andern sein Instrument weglegte und leise verschwand, wie das der Komposition entspricht, da meinte ein Kurgast zu seiner Frau verständnisvoll: „Jaja, der Karlsbader Sprudel!“

In einer Kleinstadt gab eine Opernsängerin, die ihren Höhepunkt längst überschritten hatte, ein Wagner-Konzert. An der Eingangstür des Saales hing ein Schild: „Das Mitbringen von Hunden ist verboten.“ Nach dem Konzert hatte ein Besucher daruntergeschrieben: „Der Tierschutzverein“.

Der Operettensänger und Filmstar Johannes Heesters wurde sein Leben lang vom Publikum umschwärmt und legte deshalb großen Wert auf ein ungestörtes Privatleben. Einmal war er im Garten seines Hauses beschäftigt, als eine Verehrerin über die Hecke stieg und auf ihn zueilte: „Hübsch wohnen Sie hier! Der schöne Garten, die vielen Blumen und die kleine Hecke ...“

„O ja, gnädige Frau“, erwiderte Heesters mit einem charmanten Lächeln, „alles blüht und gedeiht. Und ich hoffe sehr, daß bei Ihrem nächsten Besuch die Hecke schon viel höher sein wird.“

Ein nicht übermäßig musikinteressierter Physiker wurde von seiner musikbegeisterten Freundin zu einem Konzertbesuch überredet. Ein Flötenvirtuose schwelgte in bravourösen Effekten. Nervös rutschte der Physiker auf seinem Stuhl hin und her, bis ihn seine Freundin fragte: „Gefällt es dir etwa nicht? Was der Flötist da bietet, das ist ja unglaublich schwierig zu spielen!“

Lakonisch antwortete der Physiker: „Ich wünschte, es wäre unmöglich!“

Ein Bäckermeister besuchte mit seiner Frau eine Aufführung der Oper *Carmen* von Georges Bizet. Als der eifersüchtige Don José in leidenschaftlicher Verzweiflung die geliebte Carmen umbrachte, schluchzte die brave Bäckermeistersgattin vor Erschütterung. Da tröstete sie ihr Mann mit den Worten: „Beruhige dich doch, meine Liebe, richtig glücklich wären die zwei ja doch nicht geworden!“

Frau Müller war in der Oper. Am nächsten Tag erkundigte sich die Nachbarin: „Haben Sie sich gestern im Theater nett unterhalten?“

Enttäuscht winkte Frau Müller ab: „Das schon, aber leider nicht sehr lange. Es gab nur eine einzige Pause, und die dauerte nur zehn Minuten!“

Bei einer Opernaufführung sagte ein Mann begeistert zu seiner Frau: „Gott, hat die Sängerin schöne Koloraturen!“

Entrüstet wies ihn die Ehefrau zurecht: „Wo du immer hinsiehst! Hör lieber auf ihren herrlichen Gesang!“

Ein sehr selbstbewußter junger Dirigent mit wehender Künstlermähne gab sein Debüt an einem kleinen Opernhaus in der Provinz. Eine musikbegeisterte junge Dame schwärmte anschließend: „Der neue Dirigent ist hinreißend und sieht fast aus wie Beethoven!"

„Jaja", knurrte ihr Begleiter, „und hören tut er auch nicht sehr gut!"

Bei einem Sinfoniekonzert stieß eine ältere Dame ihren Ehemann an und flüsterte: „Stell dir vor, neben mir schläft einer!"

Empört flüsterte ihr Mann zurück: „Deswegen brauchst du mich doch nicht aufzuwecken!"

Ein junges Liebespaar kam braungebrannt von einem Italienurlaub zurück und schwärmte besonders von Rom. Daraufhin fragte ein Freund die beiden: „Und wie hat euch die Sixtinische Kapelle gefallen?"

„Echt große Klasse", heuchelte sie begeistert, „eine ganz tolle Band!"

Ein Hausmeisterehepaar, das noch nie im Theater gewesen war, erhielt vom Hausbesitzer zwei Opernkarten geschenkt. Vorsorglich nahmen sie ein paar belegte Brötchen und eine Flasche Bier mit. An der Garderobe, wo auch Operngläser gegen geringes Entgelt ausgeliehen wurden, fragte man sie: „Wünschen die Herrschaften ein Glas?"

Bescheiden wehrte der Hausmeister ab: „Vielen Dank, aber das ist wirklich nicht nötig. Wir trinken aus der Flasche."

Frau Schulze und Frau Meier hatten in ihrem Opernabonnement eine Aufführung von Mozarts *Hochzeit des Figaro*. Da sie vor der Oper noch bei einer Freundin zum Kaffeeklatsch gewesen waren, hatten sie sich etwas verspätet und wurden erst nach der Ouvertüre eingelassen.

„Wie schade“, bedauerte Frau Meier, „nun haben wir die Ouvertüre verpaßt!“

„Das ist nicht schlimm“, beschwichtigte sie Frau Schulze, „das war ja bloß Musik!“

Personenregister

J

K

L

M

Q

R

S

Z

Werkregister